KB170913

신조선전기 8권

초판1쇄 펴냄 | 2019년 03월 18일

지은이 | 다물
발행인 | 성열관

펴낸곳 | 어울림 출판사
출판등록 / 2009년 1월 23일 제 2015-000062호
주소 / 경기도 고양시 일산동구 무궁화로 43-55, 801호 (장항동, 성우사카르타워)
TEL / 031-919-0122
FAX / 031-919-0127
E-mail / 5ullim@hanmail.net

Copyright ⓒ2019 다물
값 8,000원

ISBN 978-89-992-5495-6 (04810)
ISBN 978-89-992-4794-1 (SET)

OULIM FANTASY BOOK

8

역사판타지 장편소설

조선
전기

어울림

신조선
新 정기

목차

필독

본 소설은 허구입니다. 실제적 역사나 사실과 다를 수 있습니다.

비극을 희망으로 돌려놓지 못하다

"저 너머의 땅은 여태까지 청나라가 불법점거 하고 있었지만 이제는 확실하게 우리 땅이야. 고토를 되찾았으니 마땅히 우리가 살고 개발해야 돼."

"저길 봐. 이미 다리를 짓고 있어. 100년이 지나도 무너지지 않을 다리라고 들었어. 이제 자유롭게 압록강을 건널 수 있어."

"만주와 요동, 요서까지, 선조들의 땅을 되찾았어. 정말로 이런 날이 올 줄 몰랐어."

강변에 나와 있던 사람들이 다리가 건설되는 것을 구경했다.

그동안 청나라 황실의 성지로 여겨졌던 만주로 향하는

길이 열리기 시작했고 그 길을 따라 조선의 자재와 각종 설비들이 철도와 화물차를 통해 속속들이 북쪽으로 실어다 날라졌다.

그리고 산업발전에 필요한 광물을 캐기 시작했다.

요하강 하류에 원유가 매장되어 있는 유전 지대가 있었고 그곳에 채굴 시설이 건설되면서 원유를 생산했다.

원유를 저장하기 위한 거대한 시설이 지어지고 있었다.

그 모습을 장성호와 박은성이 지켜보았다.

건물 벽면에 '조선원유'라는 사명이 크게 쓰여 있었다.

그 회사는 조선의 국영기업이었다.

조선원유의 시설을 보고 장성호가 환하게 웃으며 기뻐했다.

"드디어 온전히 조선의 기술로 개발하니 기분이 좋습니다. 해저 유전은 아직 채굴할 수 없는 상태인데 이렇게라도 조선이 산유국이 되었습니다. 원유를 전량 수입하면서 근근이 발전을 해나가던 것도 이것으로 끝이로군요."

"원유로만 에너지를 얻지는 않을 겁니다. 온실가스 배출 때문에 온난화까지 일어나서 50년 동안 기후 변화로 고생한 전례를 따르지 않을 겁니다. 앞으로 태양광과 풍력, 조력, 핵융합까지, 우리가 알고 있는 모든 기술로 에너지를 얻고 산업발전을 이룰 겁니다. 최대한 빨리 그것을 이룰 수 있도록 노력하겠습니다."

"기대하겠습니다. 과기부대신에게 모든 것을 맡기겠습니다."

자동차가 늘어나고 있었고 플라스틱을 비롯한 합성수지의 사용이 늘고 있었다. 특수 섬유를 생산하는 것까지 포함해서 그 모든 것들의 핵심 자원은 원유로, 대한민국에서만큼은 인연이 없는 자원이었다.

남북이 통일된 뒤로는 이미 사양된 자원이었기에 서한만의 유전을 개발해도 경제적 효과가 미미했다.

그러나 조선은 달랐다. 만주와 요동, 요서가 영토가 되면서 요하 인근의 유전을 개발할 수 있었다.

거기에서 생산되는 원유로 조선이 소비하는 모든 원유의 양을 충족할 수 있었다. 앞으로 더 많은 원유를 소비하겠지만 그것은 서한만과 구주 앞바다의 유전으로 채울 수 있다. 그리고 원유 수출까지 벌일 수 있을 것이다.

장밋빛 미래가 펼쳐지고 있었다.

끝없이 펼쳐진 만주 평원을 보면서 장성호와 박은성은 가슴이 벅차오르는 것을 느꼈다.

그때 총리부의 관리가 뭔가를 듣고 인상을 굳혔다.

이후 장성호에게 와서 무겁게 말했다.

"특무대신."

"뭡니까?"

"사라예보에서 오스트리아헝가리 제국 황태자가 폭사했다고 합니다. 서양에서 난리가 일어났습니다."

"……."

총리부 관리의 보고에 장성호의 미간이 잔뜩 좁혀졌다.

함께 듣고 있던 박은성의 표정도 심히 어두웠다.

이해가 안 된다는 말로 장성호에게 물었다.

"폭사라니. 원래 있어야 했던 일입니까? 오스트리아헝가리 제국 황태자가 죽었다면…….

"세계대전이 일어날 겁니다."

"맙소사…….

"어떻게 황태자가 죽었는지 알아야겠습니다. 일정을 취소하고 한양으로 돌아가겠습니다."

급박한 일이 발생함에 장성호가 급히 한양으로 돌아갔다. 그와 함께 돌아간 박은성은 과학기술부로 가서 조치를 기다렸다. 그리고 김인석을 장성호가 만났다.

두 사람이 협길당으로 발걸음을 옮기면서 말했다.

"폭사라니, 어떻게 된 겁니까? 특임대장이 대원들과 함께 저격범을…….

"저격범은 사살했네."

"그런데 어째서…….

"저격범을 죽였으니 총탄에 맞고 죽은 것이 아닐세. 우리가 모르는 또 다른 단체가 있었어."

"또 다른 단체라니, 어떤 단체입니까?"

"실존했지만 역사에 알려지지 않은 단체일세. 그들이 페르디난트 황태자를 죽였네."

정황을 알고 장성호가 기막혀 했다.

역사대로 페르디난트 황태자가 저격당했다면, 폭탄을 던져서 차를 폭발시키는 무리가 나설 일도 없었다.

그러나 예상하지 못한 그들이 나서면서 오스트리아—형

가리 제국 황태자가 죽었다.

협길당 앞에서 유성혁과 민영환을 만났다.

목례로 인사한 뒤 협길당으로 들어가 안에서 기다리고 있는 이희를 알현했다.

이희 곁엔 황태자인 이척이 함께 있었다.

두 사람이 사라예보의 사태를 미리 보고 받고 본격적인 논의를 시작했다.

이척이 김인석을 비롯한 대신들에게 물었다.

"일국의 황위 계승자가 숨진 일은 분명히 심각한 일일 것이오. 더군다나 범인들이 세르비아와 같은 민족인 슬라브 민족이니, 세르비아의 슬라브 민족 결집에 민감했던 오스트리아가 이를 빌미로 선전포고할 것이라고 보오. 비록 범인이 오스트리아의 자국민이라고 해도 말이오. 하지만 두 나라의 전쟁이 세계 대전으로 번지기에는……."

김인석이 말했다.

"확실하게 일어납니다."

장성호가 이어서 대전 발발을 주장했다.

"독일과 오스트리아는 군사 동맹 관계입니다. 그리고 세르비아의 뒤를 봐주는 나라는 아라사입니다. 독일이 강대해지면서 영길리와 아라사가 파사 봉기를 계기로 적대 관계를 청산했고, 여기에 불란서가 더해지면서 동맹 그 자체인 삼국 협상이 체결된 상태입니다. 불란서와 독일은 이웃하지만 관계가 험악하고, 세르비아와 이웃한 불가리아는 세르비아에게 전쟁에서 패한 원한을 가지고 있습니다.

대전이 벌어질 것이라는 것은 이를 근거로 말씀드리는 것입니다. 단언컨대 여태 보지 못한 큰 전쟁이 일어날 겁니다."

김인석이 다시 말했다.

"전쟁은 일어나기 어려운 것 같지만, 해볼 만하다는 착각과 총성 하나면 충분히 일어날 수 있습니다. 그리고 모든 나라가 이길 수 있다는 착각에 빠지면……."

"전쟁에 이겨서 모든 것을 가지려 할 것이다, 이 말이오?"

"그 착각에서 벗어났을 땐 이미 늦습니다. 개전을 후회할 땐 생존을 위해 적을 죽여야 하는 상황에 처한 경우가 대부분입니다. 그리고 그때부터는 인간이 한없이 추해지고 사악해지게 됩니다. 어떻게 더 쉽게 죽일 수 있을지, 더 많은 부술 수 있을지 고민하게 됩니다. 그것이 마치 기계가 돌아가듯 벌어지게 됩니다."

이야기를 듣고 이척이 고개를 끄덕였다.

허상과 같은 희망의 끈을 놓고 세계 대전으로 벌어지게 될 것이라는 예언을 받아들였다.

그리고 가장 중요하게 다뤄져야 하는 사안을 살폈다.

아비를 대신해 그가 김인석에게 물었다.

"서양에 그런 대전이 터진다면, 우리 백성들은 어찌되는 거요?"

"피난을 준비해야 됩니다."

"바로 조치를 취할 거요?"

"예. 전하. 1차로 국내 기업인들에게 현지 직원과 사업 철수를 권고할 겁니다. 공관은 최소 인원만 남기고 철수할 것이며, 혹여 유럽에 남아 있는 우리 백성들을 살필 수 있게 할 겁니다. 2차적으로는 전쟁으로 인한 우리 기업의 경제적 피해를 최소화할 겁니다."

이번에는 이희가 직접 물었다.

"어떻게 금전적 손해를 최소화할 것인가?"

장성호가 황제의 하문에 대답했다.

"미국의 유과장과 논의하고 말씀드리겠습니다. 그렇게 오래 걸리지는 않을 겁니다."

"가능한 빨리 알려 달라."

"예. 폐하."

유과장이라는 말에 이척의 귀가 솔깃했다.

천군 중에 유성한이라는 사람이 있는데, 그는 을미년에 천군이 등장한 후 잠시 보였다가 조선에서 자취를 감췄다.

그저 미국으로 가서 뭔가 하고 있다는 것만을 듣고 자세히는 몰랐다. 김인석과 장성호가 그에게 의지하는 모습이자 관심이 생겼다. 1차 조치를 전하기 위해서 대신들이 협길당에서 물러났다.

이척이 아비에게 물었다.

"아바마마."

"뭐냐."

"유과장이라는 자, 미국에서 어떤 일을 하고 있는 것입니까?"

자식의 물음에 이희가 고민하다가 대답했다.

"지금 내가 네게 양위한다면 황제가 될 것이니, 이제 너도 알아야겠구나. 유과장은 아비의 내탕금을 가지고 미국으로 떠났던 자다."

"예?"

"아비의 내탕금으로 사업을 벌이고 미리견 회사를 인수했다. 포드모터스와 필립세이슨, 유에스인더스트리와 대한로드쉽, 대한해운, ABM, 심지어 무디 신용과 뉴월드타임스까지 말이다. 그들 회사의 대주주가 유과장이다."

"맙소사……."

"조선의 발전은 모두 유과장을 통해서 이뤄진 것이다. 지금도 그렇게 이뤄지고 있고 미리견을 뒤에서 움직이고 있으니 이 사실을 어느 누구에게도 알려선 안 된다. 이 일에 관해선 오직 소수만이 알고 있다. 알겠느냐?"

"예. 아바마마."

"천군을 전적으로 신뢰하거라."

"예."

이척은 유성한이 무엇을 하는지를 알고 입을 다물었다.

그리고 조선의 위대한 발전에 그가 세운 공이 상당하다는 것을 깨달았다. 언젠가 그를 만나게 되면 황실을 대표해서 감사하다는 말을 해야겠다고 다짐했다.

그때 의문이 일어났다.

'유과장과 어떻게 논의를 하지?'

가능한 빨리 조치를 정하면 그 논의도 당장 시작해야 됐다. 그 방법을 이척은 알 수 없었다.

저녁이 되었을 때 집에 돌아온 장성호가 통신기를 작동시켜 성한에게 교신을 취했다.

뉴욕에서 아침을 맞이한 성한이 장성호와 통신을 하면서 경제 피해를 최소화하는 일에 대해서 이야기했다.

성한이 한가지 방도를 알려줬다.

—피해라는 것이 유럽에 정상적으로 물건을 팔 수 없는 것과 공장 건설에 들어간 자본을 회수하지 못하는 것, 주식 하락 정도가 아니겠습니까? 아직 조선에 주식 시장이 개장되지는 않았지만 말입니다.

"좋은 방법이 있겠습니까?"

—좋은 방법이라기보다는 우리가 일본의 길을 걸으면 될 것 같습니다.

"일본의 길이라니, 설마 남북전쟁 시기의 일본 말입니까?"

—예. 1950년에 일어났던 남북전쟁 당시 군수품 판매로 무수한 이득을 취했던 일본 말입니다. 비록 해외 공장이 손실되고 제대로 물건을 팔 수 없게 더라도 군수품 판매는 호황일 수밖에 없습니다. 특히 화물차와 정유 제품은 말입니다. 그것을 모두 국내 생산으로 돌려서 일자리를 창출하고 전쟁을 치르는 나라에 판다면 막대한 이득을 취할 수 있습니다.

"속이 한번에 뚫리는 것 같습니다."

―남의 불행을 이용하는 것 같아 애석하지만, 이미 벌어진 일은 어쩔 수 없고 이것을 철저히 이용해야 됩니다. 폐하께도 이를 알려주십시오.

"예. 과장님."

―미국에서도 군수품 판매를 준비하겠습니다.

장성호는 성한으로부터 해결책을 듣고 만족했다.

감사하다는 말을 전하고 교신을 끝낸 뒤 밤에 이희에게 찾아갔다.

그리고 황명을 받았다.

"총리와 특무대신에게 짐이 전권을 허락하니, 각 부 대신들에게 조치를 황명으로 전하라."

"황명을 받들겠습니다. 폐하."

세계 대전으로 인한 백성의 피해를 최소화하려고 했다.

그에 관한 조치를 각 부 대신들에게 전했고 일부 관리들은 의아한 반응을 보였다. 전쟁이 일어날 거라 생각했지만 그리 크게 일어날 거라고 생각하지 않았다.

"그래도 유럽 전체가 전쟁을 치르는 것은 조금 과한 것 같은데, 그렇지 않아?"

"내 생각이. 솔직히 오스트리안가 뭔가 하는 나라가 전쟁을 치르는 것은 알겠는데 덕국과 아라사가 전쟁을 치를 거라니."

"거기에 불란서 영길리까지 전쟁을 한다는 것은 괜한 걱정인 것 같아."

"그래도 폐하께서 백성을 소중히 여기시니까. 조정 대신들도 우리 같이 미천한 백성을 귀하게 여기시니, 그런 조치를 내리신 거겠지. 걱정하셔서 내리시는 황명이니 일단 따르고 봐."

"제발 그런 전쟁이 일어나지 않았으면 좋겠어."

외부 관리들이 바빠졌다. 그리고 통상부와 산업부의 관리들이 국외 기업들에 대한 피난 지시를 내렸다.

경주의 서라벌상사로 조정의 조치가 전해졌다. 총수인 최만희가 자식이자 금성차 사장인 최현식에게 물었다.

"철수 지시를 내렸느냐?"

"예. 아버지."

"그러면 지금부터 우리 회사는 유럽에서 전쟁을 치르는 나라들에게 물건을 만들어 팔 것이다. 단, 그중에 무기와 관련 된 것은 절대 팔지 않는다. 의료 도구와 부상자나 환자를 실어다 나를 수 있는 화물차, 구호식품, 방독면을 팔 것이니 그리 알 거라. 서양의 공장은 당분간 포기하고 조선에서 생산하는 것을 계획해라. 조선에서 일자리를 만들고 구호사업을 벌일 것이다. 알겠느냐?"

"예. 아버지."

"나머지는 네가 알아서 하거라. 그리고 잘할 것이라고 믿는다."

"예. 소자, 이만 물러나겠습니다."

현식이 아비인 최만희에게 인사하고 방에서 나갔다.

조정의 조치를 받고 서라벌상사의 사업 계획을 수정했다.

그리고 유럽 전쟁에 관한 구호물자 판매로 방향을 틀었다. 다른 회사가 군수품 판매에 집중하는 동안 최만희는 경주 최씨 가문의 명성을 지키기 위해 수익이 떨어지는 사업에 집중했다. 그리고 유럽의 지사로 본사의 지침을 하달했다. 무선과 유선을 아우르는 전문을 보내 전쟁 위험을 알리고 피난 권고를 전했다. 그와 함께 조선 공사관에서도 조선인 직원들에게 피난을 권했다.

아직 전쟁이 터지지 않았지만 상황이 심상치 않았다.

* * *

프랑스와 독일에서 거주하는 조선인들이 모여 이야기를 나눴다. 그들 모두는 조선 회사에서 일하는 직원이거나 지아비인 그들을 따라나선 여인들이었다.

어린 자녀가 있는 경우도 더러 있었다.

한 여인이 불안한 표정으로 옆의 여인에게 말했다.

"전쟁이 일어난다는 게 사실일까? 그동안 평화로웠는데 갑자기 전쟁이라니……."

"나도 몰라. 그런데 형범이 아버지가 말하는데 전쟁이 확실히 나니까 피난을 가야 한다고 했어. 그래서 짐을 싸 놓고 배가 오기를 기다리고 있어. 출항 날짜에 맞춰서 함부르크로 향할 거야."

"남의 나라의 전쟁에 독일이 왜 참전할 거라고 말하는 건지 모르겠네. 후우……."

금성차 독일 지사 건물에 사람들이 모였다.

그리고 그들은 조선으로 향하는 배가 출항하게 되는 날만을 기다렸다.

저녁에 식사를 하고 함께 휴식할 때였다. 회의실에서 지사 임원들이 나와 조선인 직원들에게 이야기했다.

직원들은 고개를 끄덕이면서 알겠다고 말했다. 그리고 강당에 모인 아내들에게 먼저 독일을 떠나라고 말했다.

"임자, 먼저 가시오."

"예? 그게 무슨 말이에요?"

"전쟁이 날지 안 날지는 모르겠지만, 그래도 난다면 위험한 것이니까. 우리 공사관의 지침도 있고, 사흘 뒤에 배가 출항한다고 하니까, 먼저 조선으로 돌아가시오. 나는 남아서 해야 할 일이 있소."

"……."

"먼저 가시오."

"여보."

독일에 남는다는 남편의 말에 아내는 몹시 당황했다.

지사장이 나와서 부인들에게 설명했다. 그들이 남고자 하는 이유가 있었다.

"본사에서는 우리에게 철수권고를 내렸소."

"그러면 함께 떠나면 안 되나요? 정말로 그렇게 위험하다면……."

"그것은 본사 생각이고 판단일 뿐이오. 우리는 조선 못지않게 이곳에서도 뿌리를 내리고 있소. 무엇보다 지사 직원들 중 상당수가 이곳 사람들이이오. 그들을 내버려두고 도망치듯이 조선에 갈 수 없소. 그러니 우리는 반드시 남아야 하오. 안전한 곳으로 먼저 피해 있으시오."

"……?!"

지사장의 말에 여인들이 더욱 당황했다. 그리고 남편의 옷자락을 붙들었다.

"여보. 돌아가요. 금성차에서 일하지 않아도 되잖아요. 일 그만두고 돌아가요."

"임자."

"여보."

소매를 붙든 아내의 손을 직원이 뿌리쳤다.

"임자. 살면서 후회할 짓을 하지 말아야 하는데, 내가 조선으로 도망친다면 정말 크게 후회할 것 같소. 조선인은 아니지만 내 부하들, 동무들을 배신할 수 없소. 그러니 남아야 하오."

"저와 자식에 대한 생각 안 하시나요? 어떻게 부하와 동무들을 더……!"

"무사할 것이니 걱정하지 마시오. 설마하니 내가 임자를 두고 이곳에서 죽겠소? 더군다나 조선이 전쟁을 치르는 것도 아닌데 우리에게 일부러 해하려는 나라도 없을 것이오. 그랬다간 조선과 전쟁을 치러야 하니, 걱정하지 마시오. 다만 돌아가서 내 걱정을 덜어주시구려."

"내가 하는 걱정은 안 덜어주시나요?"

"부인에 대한 걱정이 없으면 내 한 몸 잘 간수할 수 있소.

그러니 쓸데없는 걱정이오."

"여보."

"가시오. 제발."

임직원들의 마음이 한결 같았다.

대조선제국의 남아로 태어난 그들의 모습이 당당했다.

그리고 죽기보다 명예를 더 소중히 했다.

독일인 직원들이 지켜보고 있었다. 그들을 본 직원들의 아내는 어쩔 수 없다는 생각을 하게 됐다.

지아비의 명예를 지켜주는 것도 그녀들이 해야 할 일이었다.

"절대, 절 혼자 두시면 안돼요."

"알겠소."

"꼭 돌아와야 해요."

"그리 하리다."

"무사하길 빌게요. 여보."

사랑하는 사람을 끌어안고 온기를 느꼈다.

그리고 울먹이면서 자녀들의 손을 잡고 지아비와 잠시 동안의 작별을 고했다. 다음 날 아침 차를 타고 항구로 향했고 조선으로 향하는 배편에 올라 유럽 대륙을 떠났다. 그리고 조선인 직원들은 본사와 공사관의 권고를 무시하고 회사를 지켰다.

그들의 모습을 독일 직원들이 지켜보고 있었다.

기술이사를 맡은 벤츠가 감동 받았다.

그가 함께 일해 왔던 직원들에게 말했다.

"우리야 피할 곳이 없다지만 저들은 아니야. 그럼에도 우리와 신의를 지켜주기 위해서 이곳에 남았어. 고려인은 세상에서 가장 믿을 수 있는 나라 사람이야."

"예. 이사님."

전쟁이 일어날 수도 있다는 걱정이 퍼져 있었다.

그럼에도 일어나지 않을 수 있다는 긍정의 세뇌를 스스로에게 거는 와중에 세상은 결국 전화 속에 빠지게 됐다. 오스트리아—헝가리 제국 황태자가 죽은 지 약 한달이 지나서였다.

1914년 7월 23일에 오스트리아 제국이 세르비아에 내정간섭을 요구하는 최후통첩을 전하면서 48시간 이내의 대답을 요구했다. 그리고 세르비아는 오스트리아 제국의 요구를 거부했다.

1914년 7월 28일, 세르비아 왕국의 수도인 베오그라드를 향해서 오스트리아—헝가리 제국군의 첫 포격이 이뤄졌다. 그리고 전쟁이 준비되던 한달 사이에 오스트리아를 지원하고 참전을 약속했던 독일이 러시아를 상대로 동원령 선포 시 개전으로 간주한다는 경고를 보냈다.

이후 러시아가 세르비아를 돕기 위해 동원령을 선포하자 독일은 경고했던 대로 러시아를 상대로 선전포고했다.

그와 함께 러시아의 동맹인 프랑스를 상대로도 선전포고했다. 개전 이전에 프랑스 공략을 위한 작전 계획이 미리 준비되었다.

그 계획은 '슐리펜 계획'이라 불리는 기동 전략이었으니,

수십만 대군을 북서쪽의 벨기에 쪽으로 우회시켜서 42일 만에 파리를 점령하고 접경지의 프랑스군의 뒤를 치는 대전략이었다. 이를 시행하기 위해선 벨기에의 국경 개방이 필수적이었다.

그러나 벨기에는 독일의 협조 요청에 응하지 않았다.

독일이 중립국인 벨기에를 공격할 경우, 반드시 선전포고할 것이라고 영국이 으름장을 놓았다.

하지만 독일은 프랑스를 빨리 패퇴시키기 위해 벨기에의 국경을 강제로 넘을 수밖에 없었다.

국경에 배치된 독일군이 포성을 일으켰다.

"벨기에로 진격하라! 벨기에를 굴복시키고 프랑스로 향한다! 파리를 점령하고 적군의 배후를 공격하라! 돌격!"

"와아아아아~!"

"빌헬름 황제 폐하를 위하여!"

마우저 소총을 든 독일군 장병들이 브뤼셀을 향해서 전력으로 달렸다. 국경에서부터 교전을 벌이면서 시간이 생명인 슐리펜 계획은 그때부터 모든 것이 어그러졌다.

그리고 영국이 독일을 상대로 선전포고했다.

유럽에서 일어나는 일은 금세 전세계로 알려졌다.

특히 대서양을 사이에 두고 있는 미국이 그에 관한 소식을 정확하고 빠르게 받아들였다.

연일 유럽 대전에 관한 소식이 호외로 뿌려졌다.

그것은 미국 정재계에 영향을 미치기 시작했다. 신문을 보던 미국인들이 경제 기사를 읽고 크게 놀랐다.

모든 이들의 예상이 빗나갔다.

폭락해야 할 주식이 급등하고 있었다.

신문을 읽던 사람들이 탄성을 터트렸다.

"맙소사! 필립제이슨사 주식이 폭등했어! 어떻게 된 거야?!"

"전쟁이 터지는 바람에 사람을 치료할 일이 많아졌어! 때문에 페니실린 같은 약이 많이 필요한가봐! 대한로드쉽과 대한해운도 폭등했어!"

"US인더스트리의 주식도 폭등한 이유가 전쟁 때문인 것 같아! 유럽에 진출한 회사들이 타격 받아서 주식이 폭락할 줄 알았는데 이렇게 오르다니!"

"포드모터스도 화물차 수출을 계획하면서 소폭으로 상승했어!"

남의 땅에서 일어나는 전쟁은 전쟁을 치르지 않는 나라에게 기회가 될 수 있었다. 특히 물건을 팔거나 수출하는 입장에선 더욱 그랬다. 유럽에서 큰 전쟁이 일어나면서 오히려 미국의 경제 부흥이 일어났다.

성한이 회사들을 진두지휘하고 있었다.

"유럽에서도 자동차가 있고 특히 항공기가 개발된 만큼 전투기 용도로 쓰면서 하늘에서 교전을 벌이려고 할 겁니다. 이래나 저래나 연료가 많이 필요합니다. 해전을 벌이는 군함들은 말 할 필요가 없고 말입니다. 원유 생산량과 정유 제품 생산량을 늘리시기 바랍니다."

―알겠습니다.

성한은 우선 US인더스트리 회장인 하퍼에게 연락했다. 그리고 전화를 끊자마자 대한로드쉽에 연락했다.

전쟁을 위한 특수선 건조가 필요했다.

대한로드쉽 사장인 스튜어트에게 성한이 지침을 전했다.

"유럽에서 큰 전쟁이 일어났습니다. 원유와 정유제품이 많이 필요하고 US인더스트리에서 수출을 담당할 겁니다. 그것을 운송할 수 있는 유조선이 필요한데 건조가 가능하겠습니까?"

―이미 준비해서 건조를 시작했습니다.

"선거 시설을 총동원해서 주문량을 최대한 많이 처리하시기 바랍니다. 전쟁이 끝나도 유조선의 수요는 상당할 겁니다."

―예. 존스씨.

전화를 끊고 다시 수화기를 들었다. 마지막으로 포드모터스에 전화를 걸었다. 유럽의 개전으로 피해가 컸던 포드모터스의 이익을 최대로 높이려고 했다.

"생산 라인을 변경했습니까?"

―예. 존스씨.

"애리조나가 많이 필요할 겁니다. 그리고 애리조나를 응용한 차들도 말입니다. 워싱턴의 공장은 어차피 미국에 있어서 큰 피해가 없지만 유럽에 판매할 수 없으니 일본이나 중화민국에 판다면 유럽에서의 손해를 충분히 메울 수 있을 겁니다. 판매활로를 다양하게 해보십시오."

─예. 존스씨. 조언 감사드립니다.

포드모터스에 대해 남은 조치를 전하고 전화를 끊었다.

한숨을 쉬면서 1차 세계 대전 발발에 대해서 아쉬움을 나타냈다.

"미래를 알아도 어쩔 수 없는 일은 어쩔 수 없군……."

전화를 끊었을 때 성한이 있던 방의 문이 열렸다.

문 앞에 지연이 있었다.

"많이 바쁘지."

"응. 생각보다 마음대로 안 풀리네."

"그래도 나라가 없는 것보다는 낫잖아."

"그렇긴 하지. 그리고 조선이 전쟁에서 비켜나 있어서 다행이야. 미국도 나중에 참전은 하겠지만 그리 피해가 없고. 현실을 따르면서 좋은 생각으로 방향을 잡아야지."

"그래."

"내일 첫 출근이지?"

"그래. 내일 출근이야."

"애들은?"

"자고 있어."

"10살 정도 되었으면 알아서 할 때도 됐지. 그동안 정말 애써줘서 고마워."

"아니야. 어차피 우리 아이들인데. 아이들을 위해서 너와 내가 역할 분담을 잠시 한 거야."

"그래……."

성한이 지연을 보면서 잔잔하게 미소를 지었다.

정호와 혜민이 태어난 뒤로 의사를 휴직한 지연에게 미안했고 고마웠다. 가족이 없으면 직업은 소용이 없었다. 두 사람의 모든 초점은 두 아이에게 맞춰져 있었다.

그리고 아이들의 미래를 위해서 세상의 미래를 바꾸고자 했다.

성한이 이번에는 통신기를 작동시켰다.

"조선에 알려야겠어."

"먼저 가 있을게. 끝나고 와."

"그래. 먼저 자고 있어."

지연이 방에서 나갔다.

성한은 조선으로 교신을 시도했다.

통신기를 통해 장성호에게 미국 회사들의 상태를 알렸다. 성한으로부터 미국의 상황을 듣고 장성호가 이희를 만났다.

장성호는 이희에게 미국의 경제 상태를 알려줬다.

성한이 대주주인 회사는 곧 이희가 그들 회사의 대주주이기도 했다.

"주식이 폭락하지 않고 급등했다고?"

"예. 폐하."

"어째서 그러한 것인가?"

"전쟁을 치르는 나라에 약, 화물차, 화물선, 정유 제품까지 그 외 많은 소비품들이 필요하기 때문입니다. 공장 피해는 있지만 전시에 관련된 물품을 파는 경우는 다릅니다. 전쟁은 재앙이지만 어떤 이에게는 큰 기회가 되는 법입니다. 그리고 유과장은 그 기회를 잘 살리고 있습니다."

"우리도 말이지."

"예. 폐하."

"그럼에도 유럽에 가 있는 우리 백성들이 안전해야 된다. 철수 조치는 내려졌는가?"

백성의 안전을 살피는 게 최우선이었다.

이희의 물음에 장성호가 담담한 말투로 대답했다.

"서라벌상사의 최회장을 비롯해 조선 내 기업 총수들이 철수 조치를 내렸습니다. 그런데 조금 문제가 생겼습니다."

"어떤 문제인가?"

"직원들 중에 지시를 따르지 않은 직원들이 있습니다. 현지 국민들과의 의리를 위해서 남은 직원들이 있습니다. 우리 공사관에 위험에 빠져도 구하지 않아도 된다고, 현지 직원들과 생사를 같이하겠다고 합니다. 그래서 어떻게 해야 할지 고민 중입니다. 현지 직원들과 국민들은 우리 백성들의 의리를 극찬하고 있습니다."

"……"

장성호의 보고에 이희가 인상을 굳혔다.

직원들이 위험한 곳에서 일부러 벗어나지 않았다는 사실에 듣고 몹시 화가 났다.

아예 직원들이 괘씸하기까지 했다.

그러나 그들의 행동으로 현지 국민들이 조선에 대한 믿음이 생겼다는 말에 감정을 조금 가라앉히고 나라의 장기적인 미래와 전체적인 이익을 살폈다.

그로 인해 전쟁터에 남은 직원들의 의지를 바로 볼 수 있었다.

그저, 그들의 안전이 확보되기를 원했다.

"직원들의 식솔은 어찌되었나?"

"공사관원들의 식솔과 함께 배를 타고 조선으로 오고 있습니다."

"그러면 남아 있는 백성들만 지키면 되겠군."

"예. 폐하."

"짐의 군사들을 보내서 백성들을 지킬 수는 없는가?"

"어느 한쪽에 참전하지 않는 이상 우리 군의 주둔을 허락하지 않을 겁니다. 그래서 미국조차도 군대를 보내지 못하고 있습니다."

"그래도 만약을 대비해야 하지 않겠는가? 서양에 짐의 백성들을 내버려 둘 수 없다. 뭔가 수가 없겠는가?"

이희의 물음에 장성호가 고민했다.

서양에 자발적으로 일부 백성들이 남았으니 그들을 지킬 수 있는 수단을 강구하려고 했다.

한 편이 되지 않는 이상 중립국조차 적국으로 간주되는 상황이었다.

그런 상황에서 함대를 보내는 것은 선전포고를 하는 것과 마찬가지였다. 아프리카에도 서양 열강이 차지하지 않은 땅이 없기에 그 근처에서 함대를 대기시킬 수도 없었다. 오직 군수품과 구호품 판매를 위한 상선만 오갈 수 있었다. 그런 상황에서 최선이라 할 수 있는 유일한 방책을 이희에게 전했다.

공식적인 정규군이 유럽을 밟아서는 절대 안 되었다.

"그나마 우리가 유럽에서 가장 가까이 정박할 수 있는 곳이 미리견입니다. 미국의 뉴욕에 1개 전단을 정박시킬 수 있도록 미 정부의 허가를 받아야 합니다. 아마 받을 수 있을 겁니다. 유럽에 아군 함대의 정박이 이뤄지지 않겠지만 구호품을 실어다 나르는 상선은 이미 항구를 자유롭게 드나들고 있습니다. 특임대를 몰래 승선시켜서 불란서와 독일에 침투시킨다면 폐하의 백성들을 유사시에 구할 수 있습니다. 그것이 최선이라 여겨집니다."

장성호의 의견을 듣고 이희가 고개를 끄덕였다.

"경이 말한 대로 군부대신과 외부대신과 협의하라. 외부를 통해 수시로 직원들을 살피고 위험에 빠지면 짐에게 바로 보고하라. 황명으로 특임대를 투입시켜서 직원들을 구할 것이다. 그동안 기른 조선의 국력을 드러낼 것이다."

"황명을 받들겠습니다. 폐하."

보고를 전하고 남은 직원들을 지켜주라는 명을 받았다.

대궐에서 나온 장성호가 총리부로 가서 김인석에게 알리고 군부와 외부, 산업부를 통해서 조선 내 기업 총수들에게도 전해 특임대의 유럽 침투에 관해서 협조를 받았다. 그렇게 세상 반대편에서 1차 세계 대전을 관망하며 유사시를 대비했다.

영국과 동맹을 이루고 있었지만 독일 내 조선인 직원들

을 지키기 위해서 공격 요청을 거부하고 시일을 보내기 시작했다.

* * *

벨기에와 교전을 치르던 독일군이 끝내 벨기에를 점령하고 프랑스 영토로 진입하게 됐다. 영국에서 군대가 건너와서 프랑스군과 연합을 이뤘지만 기세를 높인 독일군을 막지 못했다. 결국 파리 부근까지 밀렸다.

파리 근교에서 연합군의 결사방어가 벌어졌다.

서부전선에서의 승리를 눈앞에 뒀던 독일군은 마른강에서 패하며 진격 속도가 꺾였다.

그로 인해 슐리펜 계획이 완전히 어그러졌다. 전선은 교착 상태에 빠졌고 단기 결전은 더 이상 기대할 수 없게 됐다.

독일군의 재진격을 막기 위해 영프 연합군이 참호를 파기 시작했다. 깊은 참호 앞에 철조망을 포함한 장애물들을 설치했고 참호 모서리에는 기관총을 설치해서 적의 돌격을 분쇄하려고 했다.

그리고 후방에는 화포를 배치했다. 그와 마찬가지로 독일군도 점령지를 지키기 위해 참호를 파고 철조망을 설치했다. 이른바 참호전투가 시작되었다.

두 무리의 군사들은 서로에게 병력을 돌격시키며 아까운 목숨만 허비하기 시작했다. 몇 달 동안 하루에 5천명씩 희생시키면서 겨우 500m 내외의 공방을 주고받았다.

지루한 소모전을 끌어내는 참호전은 북해와 접한 해안에서 남쪽의 스위스 국경 부근까지 이어졌다.

소총에 착검한 영국군이 참호 밖으로 고개를 내밀었다.

건너편 적진을 살피다가 하늘을 울리는 천둥소리를 들었다. 독일군 진지를 향해 포격이 가해지고 있었다.

"아군이 포격 중이다! 포격이 끝나면 일제 돌격한다! 전원 대기하라!"

"예! 중대장님!"

멀리서 일어난 폭음이 대지를 흔들었다.

그 진동은 영국군이 있는 참호뿐만 아니라, 프랑스와 벨기에군의 진영에까지 전해졌다.

곧이어 소음과 상반되는 침묵이 찾아왔다.

깊은 참호를 기어오를 수 있는 사다리에 영국 장병들이 매달렸다.

호각 소리가 울려 퍼지면서 돌격 명령이 떨어졌다.

"지금이다! 돌격!"

"대영제국 조지 국왕 폐하를 위하여!"

"와아아아아아~!"

영국을 상징하는 유니온 기가 휘날리며 참호에서 뛰어나간 장병들이 적진을 향해 전력질주 했다.

그리고 전방 너머에서 울려 퍼지는 포성을 들었다.

병사들과 지휘하는 장교들이 크게 외쳤다.

"적 포격이다! 엎드려!"

"엄폐!"

콰쾅! 쾅!

"크아악!"

폭음과 함께 비명 소리가 울려 퍼졌다.

포탄에 맞은 병사들의 신체가 사방으로 흩어지면서 참혹한 모습으로 변했다.

작은 구덩이 속에라도 몸을 숨기며 엎드린 병사들은 쏟아지는 작은 돌을 맞으며 살아 있는 것을 실감했다.

폭음이 끝나자 적 포격이 끝났다고 생각했다.

그때 몇 발의 포탄이 폭발을 일으켰다.

펑! 퍼펑!

"뭐, 뭐야……?!"

불발탄이 연기를 피우면서 영국 장병들을 놀라게 만들었다. 그때 연기를 마신 병사가 콜록 거리다가 쓰러졌다.

구토를 하면서 한 움큼 피를 토해냈다.

"커헉! 헉……!"

"앨런! 왜 그래?!"

"커헉……!"

"욱?! 으윽! 콜록! 콜록!"

녹색 연기를 마신 모든 장병들이 괴로워했다.

그리고 기침을 하다가 각혈을 하면서 쓰러졌다.

그 모습을 보고 멀리 있던 장교가 크게 외쳤다.

"독가스다! 방독면 착용해! 어서!"

"이런!"

장교의 지시에 병사들이 신속히 방독면을 꺼내서 착용했다. 바람이 불자 포탄에서 나오던 염소가스가 주위로 퍼지면서 장병들을 휩쓸었다. 일부 장병들의 방독면으로 걸러지지 못한 독가스가 스며들고 있었다.

"커헉!"

"우윽!"

"윌리엄!"

죽어가는 전우의 이름을 부르짖었다.

그러나 쓰러진 전우는 절대 일어날 수 없었다.

방독면 안쪽으로 피를 토하면서 눈의 초점이 사라졌다.

그리고 이내 온몸을 늘어뜨리면서 의식을 잃었다.

전우의 죽음을 지켜본 영국 병사가 분통을 터트렸다.

"방독면을 썼는데 어째서!"

그의 어깨를 잡은 장교가 죽은 자와 산 자의 차이를 알려줬다.

"봐! 죽은 자들은 영국에서 만들어진 방독면을 끼고 있어! 우리가 쓴 방독면은 고려의 방독면이야!"

"……?!"

"고려 방독면의 성능이 훨씬 월등해! 우리가 저걸 썼다면 대신 죽었을 거야! 그러니 그만 슬퍼하고 총을 들어! 적진을 뚫어야 해!"

"예! 중대장님!"

"이대로 돌격한다! 나를 따르라! 돌격!"

"돌겨억!"

살아남은 장병들이 적진을 향해서 달렸다.

방독면이 염소 가스를 걸러주지만 산소의 양까지 늘려주지는 못했다. 달리던 장병들이 이내 숨을 헐떡이면서 가빠했고 그들의 앞을 철조망이 막으면서 돌격을 저지했다. 독일군의 기관총이 불을 뿜었다.

철조망에 걸린 영국 장병들이 총탄을 맞고 쓰러졌다.

살고자 하는 이들은 이내 바닥에 엎드린 채 기기 시작했다.

"머리를 들지 마라! 죽는다!" "예!"

그리고 다시 포탄이 날아들었다.

콰콰쾅! 콰쾅!

"크아악!"

박격포탄이 날아들면서 전방에서 포복하던 영국 장병들을 궤멸시켰다. 그리고 후방에 있던 영국군이 더 이상 버티지 못하고 후퇴했다.

이틀 뒤 공방을 바꿔서 독일군이 영국군에게로 돌격했고 이틀 전에 입었던 피해를 영국군이 독일군에게 그대로 돌려줬다. 마찬가지로 염소로 만든 독가스를 살포하고 박격포탄으로 적을 궤멸시켰다. 일진일퇴를 거듭하면서 참호전에 화학전을 더하며 막대한 희생을 치르고 있었다.

그런 중에 독일의 동맹국이라는 이유로 영국이 오스만제국에 미리 팔기로 했던 전함을 인계하지 않았고, 그로 인해 오스만 제국 내에서 반영 여론이 폭발하며 독일 순양전함을 구입하고 러시아가 점령한 옛 영토를 되찾겠다는 논리로 러시아를 공격했다.

　오스만 제국이 동맹국 편에 서서 참전했고 독일과 오스트리아와 삼각 동맹을 이루던 이탈리아는 동맹 관계하고는 전혀 다르게 관망하는 모습을 보이다가 연합국의 유리함을 보고 오스트리아를 상대로 선전포고했다.

　그런 소식이 외부를 통해 조선 조정으로 전해졌다.

　그리고 추가로 들어온 소식을 장성호과 김인석과 함께 이희에게 보고했다. 그 자리에 이척이 함께하고 있었다.

　"불가리아가 지난 전쟁에서의 패배를 갚기 위해 세르비아와 러시아에 선전포고했습니다. 오스만 제국과 그리 좋은 관계도 아닌데 동맹을 이루고 전쟁을 치르게 됐습니다. 이로 인해 전 유럽이 전화에 휩싸였습니다."

　"그야말로 난장판이군."

　"예상했던 대로 흘러가고 있습니다."

　김인석의 보고를 듣고 이희가 고개를 끄덕였다.

　그리고 이척은 유럽에서 벌어지는 전략과 전술, 교전 과정을 살피면서 미간을 좁혔다.

　김인석과 장성호를 번갈아보자 이희가 물었다.

　"할 말이 있느냐?"

　그렇다고 말하고 이척이 두 사람에게 물었다.

　"일본과 전쟁을 치를 때, 방어전을 벌일 땐 교통호를 깊게 파고 앞에 철조망을 설치했소. 그리고 기관총을 참호에 설치하고 적이 공격해 오면 모든 화력을 퍼부어서 궤멸시켰소. 서양에서 일어나는 참호전은 이미 우리가 지난 전쟁

40

에서 톡톡히 효과를 봤고 그것이 얼마나 무서운 것인지를 알고 있소. 특히 일선 지휘관으로 장병들을 이끌었던 나만 큼은 확실히 말이오. 그래서 묻고자 하는데, 우리는 이를 이길 수 있는 무기가 있소? 반드시 있어야 한다고 생각하오. 없다면, 앞으로 우리도 전쟁을 치르는 데에 엄청난 희생을 치러야 한다고 생각하오. 이를 이길 수 있는 무기가 있소?"

두번이나 물어보면서 신무기 개발을 강조했다.

그 물음에 김인석과 장성호가 서로를 스쳐보면서 미소 지었다.

이희가 물었다.

"참호전을 이겨낼 무기가 개발되었는가?"

후손들이 모를 리 없다고 생각했다.

이희가 기대감을 나타냈고 장성호가 그 기대에 부응했다.

"개발을 거의 끝냈습니다."

이척이 놀라면서 물었다.

"개발하고 있었소?"

"예. 전하."

"오오! 그러면 언제 볼 수 있는 거요?"

"조만간 보실 수 있을 겁니다. 군부대신이 개발이 완료된 것을 확인하고 폐하와 전하께 공개해드릴 겁니다."

참호전을 이길 수 있는 신무기를 개발했다는 말에 그 실체를 보지도 않았지만 이척은 온전히 신뢰하면서 믿었다.

그리고 이희는 전에 두 사람으로부터 들었던 무기를 기대했다.

얼마 지나지 않아 장성호가 말했던 무기가 개발됐다.

군부대신인 유성혁이 개성으로 향해서 신무기의 상태를 확인했다. 그리고 만족했다.

"이만하면 폐하와 전하께 공개해도 될 것 같습니다. 수고했습니다."

"감사합니다! 군부대신!"

기계공학에 능한 연구원들이 크게 힘썼다.

그와 함께 금성차와 남강차, 배라리, 아우들 등이 힘을 합쳐서 참호와 철조망을 넘을 수 있는 무기를 개발했다.

며칠 뒤 개성 외곽의 무기시험장에서 식장이 차려지고 이희와 이척이 함께 행차했다.

김인석과 장성호, 이범진을 비롯해 안보실장인 현흥택, 외부대신인 민영환, 학부대신인 주시경, 법부대신인 이준, 과학기술부대신인 박은성까지 주요 대신들이 참석했다.

그리고 군부대신인 유성혁이 협판과 관리들과 함께 신무기 공개행사를 이끌었다. 초지가 넓게 퍼져 있는 가운데 우렁찬 엔진음이 들리고 쇳소리가 들리기 시작했다.

참호전을 가장해 초지 중앙에 깊은 교통호가 파이고 철조망이 설치되어 있었다.

숲이 흔들리면서 안에서 신무기가 모습을 드러냈다.

"저건?!"

"맙소사! 저것이 신무기인가?!"

"……?!"

대신들이 술렁였고 심지어 이척도 어안이 벙벙해졌다.

새 무기는 모든 방향을 철판으로 감싼 자동차였다.

그러나 바퀴가 여러개에 일렬로 늘어서 있었다.

그리고 그 바퀴를 강철로 된 선로가 띠처럼 감싸고 있었다.

쉿소리는 거기에서 나는 듯했다. 공개 된 신무기가 전방을 향해서 달리다가 총성을 일으켰다.

차체 위에 한 병사가 머리를 내밀었다.

그는 방호판을 앞에 두고 거치된 '한 칠식 중기기관총'을 사격하기 시작했다. 묵직한 총성이 울려 퍼지면서 참호 주위에서 흙이 튀었다. 그리고 신무기가 철조망을 누르고 교통호를 건너서 넘었다. 바퀴를 감싼 선로는 궤도였고 그것을 통해서 무사히 참호를 건널 수 있었다.

그 모습을 보고 이척이 자리에서 몸을 일으켰다.

"이럴 수가!"

멈춘 신무기의 후미에서 문이 열리고 10명이 병력이 쏟아져 나왔다.

그때 이척은 형언할 수 없는 충격을 받았다.

대신들 또한 크게 놀랐고 이희 또한 신무기를 보면서 놀랐다. 그러나 어느 정도의 예상이 있었기에 자리에서 일어나는 정도로 반응하지 않았다.

신무기에서 하차한 병력이 주위를 경계하기 시작했다.

그리고 상황이 해제되자 경계를 풀고 자리에서 대기했다.

시범이 끝나자 대신들이 신무기에 대한 감탄을 쏟아냈다.

"세상에 저런 무기를 본적이 없습니다!"

"전투차입니까? 장갑차입니까? 자동차에 장갑판을 둘러서 저런 무기를 만들다니!"

"바퀴를 자세히 보고 싶습니다!"

"적군의 총격과 포격에도 보호되면서 적진을 공격할 수 있을 것 같습니다! 폐하!"

"대단합니다!"

극찬에 극찬이 이어졌다.

현흥택과 민영환, 심지어 주시경과 이준까지 신무기에 대한 높은 기대를 나타냈다.

그리고 이희가 환하게 웃으며 만족했다.

군에서 중대장에서 사단장까지 지휘를 벌였던 자식에게 물었다.

"태자."

"……."

"태자."

"아, 예. 아바마마."

"신무기를 보고 심히 놀랐나 보구나."

"예. 매우 놀랐습니다."

"네가 보기에 저 무기가 전장에서 잘 쓰일 것 같으냐?"

"잘 쓰일지 말지를 판단하기에 앞서서 무조건 필요합니

다. 만약 저 무기가 서양 강국이 보유하고 있었다면 지금의 참호전은 없었을 겁니다. 오히려 승패가 빨리 정해지면서 전쟁이 빨리 끝났을 겁니다."

신무기에 대해 강조하면서 말했고 그 또한 새로운 무기를 매우 극찬했다.

이희가 고개를 끄덕이면서 유성혁을 쳐다봤다.

"신무기의 이름이 무엇인가?"

성혁이 대답했다.

"현무 장갑차입니다."

"현무 장갑차?"

"병력을 싣고 적지로 진격하면서 교전을 벌일 수 있는 장갑 차량입니다. 최고 속도는 한 시간에 100리를 이동할 수 있습니다."

100리라는 말에 다시 대신들이 놀랐다.

그리고 현무라는 이름을 곱씹었다.

몇몇 대신들은 현무가 고구려의 사신임을 알고 있었다.

'주작, 현무, 백호, 청룡이었지…….'

'단단한 등껍질에 뱀 머리를 한 현무라니…….'

단단함과 사나움을 동시에 가진 사신이었다.

그런 사신의 이름을 쓴다는 말에 대신들이 매우 적절하다는 생각을 했다. 이희 또한 그 이름에 만족했다.

"마음에 드는 이름이로군. 내려가서 시범을 보인 장병들을 격려하겠다."

장병들에게 수고한 격려를 전하려고 몸을 일으키자 유성

혁이 이희의 행동을 막았다.

"하나 더 있습니다."

이척이 어리둥절해 하면서 아비 대신 물었다.

"하나 더 있다니? 신무기가 말이오?"

"예."

이척과 대신들이 의아했다.

눈동자에 이채가 새겨지면서 이희가 강하게 말했다.

"신무기를 보여라."

직후 성혁이 팔을 들면서 또 다른 신무기의 시범을 지시했다.

우렁찬 엔진 소리가 울려 퍼졌고 수풀이 흔들리면서 긴 포신이 모습을 드러냈다.

그리고 장갑차와 같은 형태를 가진 신무기가 나왔다.

그 차체는 장갑차보다 훨씬 컸고 육중해 보였다.

그러나 속도는 훨씬 더 빨랐다. 달려 나온 신무기가 울퉁불퉁한 대시를 달리면서 포성을 일으켰다.

뻥!

쾅!

"오오!"

멀리 떨어진 다른 참호에서 흙 파편이 튀었다.

만약 사람이 있었다면 그 신체가 갈기갈기 찢어졌을 것이라는 생각이 들었다. 경악과 충격이 단상의 사람들에게 일제히 가해졌다. 그리고 이희 또한 눈동자를 떨면서 그 위력에 심히 놀랐다.

이척도 한동안 정신을 차리지 못할 정도로 초지를 달리는 신무기에 시선을 고정시켰다.

그리고 성혁이 하는 말을 들었다.

"맹호 전차입니다."

"맹호… 전차……?"

"사나운 호랑이처럼 적에게 달려들어서 짓이겨 놓을 겁니다. 90밀리미터 구경의 화포를 장착해서 사방으로 포탑을 돌릴 수 있고 상하 각도도 조정할 수 있습니다. 경사장갑을 채택해서 어지간한 기관포탄을 튕겨낼 수 있습니다. 설령 포탄에 장갑이 직격 되어도 비스듬한 철판은 세워진 철판보다 두꺼워지기에 능히 막아낼 수 있습니다. 향후 20년 동안 저 무기를 이길 수 있는 지상 무기는 없을 겁니다."

장성호가 설명을 더했다.

"화포로 적지를 포격하고 전투기가 하늘을 지키면서 폭탄을 투하함과 동시에, 전차가 진격해서 적진을 불태우고 뒤따르는 장갑차에서 보병이 쏟아지면 일거에 적 지휘부와 주력군을 깨부술 수 있습니다. 또한 기동전을 벌일 수 있기에 기만전과 양동작전, 우회침투 등 다양한 전술을 쓸 수 있습니다. 전차와 장갑차로 우리 군을 무장시킬 겁니다."

설명을 듣고 이희가 크게 웃음을 터트렸다.

"대단하다! 서양이 치르는 전쟁에서 만약 조선이 참전하게 되면 짐의 백성들을 어떻게 지켜야 할지 고민하고 걱정했는데 이렇게 근심이 사라지니 속이 시원하다! 신무기를 개발한 연구원들에게 포상을 윤허할 것이다!"

"황은이 망극하옵니다. 폐하."

"내려가서 시범을 보인 장병들을 격려하겠다!"

조선을 지킬 수 있는 힘을 가지게 됐다는 생각에 가슴이 벅차올랐다. 단상에서 내려가서 시범을 보인 장병들의 손을 잡고 그들의 어깨를 두드리면서 격려했다.

그리고 그들을 새롭게 탄생되는 '기갑부대'와 '기계화부대'의 교관과 조교로 삼았다.

이희가 장병들에게 당부했다.

"앞으로 나라와 백성을 위해 강군을 육성하라!"

"예!"

"황명을 받들겠습니다! 폐하!"

그리고 대신과 관리들과 함께 단상으로 향했다.

장성호와 성혁이 뒤따르면서 이야기를 나눴다.

더 많은 신무기가 필요한 상태였다.

"항공모함은 진수까지 얼마나 남았나?"

"반년 정도 더 걸립니다."

"생각보다 오래 걸리는군."

"배수량만 2만5천 톤입니다. 전함 크기만 한데다가 3척을 동시에 건조하고 있기에 시간이 오래 걸립니다. 건조가 되면 빠르게 전력화시켜서 원양까지 방어할 겁니다."

하늘에 이어 지상의 신무기를 개발하고 해상을 지켜줄 항공모함 건조를 기대하면서 만약의 상황을 대비했다.

그러면서도 유럽의 대전에 참전하지 않기를 원했다.

구호품과 군수품을 팔면서 나라의 국익을 취하기를 원했다.

대의를 위해 유럽에 의사들을 보내서 의료 지원하는 방안을 검토하고 있었다. 그런 때에 정보국 관리가 뭔가를 듣고 급히 장성호에게 달려왔다.

관리는 장성호에게 급히 보고를 전했고 그는 고개를 끄덕이면서 알겠다고 말했다.

이희가 장성호에게 물었다.

"특무대신."

"예. 폐하."

"무슨 일인가?"

담담한 말투로 장성호가 이희에게 보고했다.

"중화민국의 원세개가 칭제를 선포했다 합니다. 백성들의 나라가 황제국이 되었습니다."

원세개의 권력욕에 근거하는 예정된 미래였다.

보고를 들은 이희가 고개를 끄덕이면서 원세개의 미래를 예상했다.

그 미래는 과욕이 부른 개인의 실패였다.

천하가 분노하며 그를 지탄하고 심판할 것이라고 생각했다. 그것이 미리 내일을 들었던 이희의 예상이었다.

"총리와 적절히 논의해서 대응하라."

"예. 폐하."

그때만 해도 모두가 권좌에서 쫓겨날 거라고만 생각했

다.

*　*　*

종신 권력을 원하는 원세개가 몇 개월 전에 영국과 조약을 맺었다.

그 조약은 중국의 철도부설권과 광산을 영국에게 넘겨주고, 영국의 무기지원과 군사지원을 받는 내용이었다.

조약이 맺어지자 중국 국민은 원세개를 상대로 하는 시위를 벌였다.

"중국은 영국의 식민지가 아니다!"

"아니다! 아니다! 아니다!"

"중원을 침탈하고 아편 전쟁을 일으켜 홍콩을 빼앗아간 영국에게 국부를 바치는 게 웬 말이냐!"

"웬 말이냐! 웬 말이냐! 웬 말이냐!"

"중화민국 국민, 인민은! 영국과 맺은 조약 폐기를 원한다!"

"원한다! 원한다! 원한다!"

"와아아아~!"

부당하게 전쟁을 일으키고 홍콩을 가져간 영국에 대한 반감과 그들에게 국부를 넘겨준 원세개에 대한 실망감이 폭발했다. 만주족의 폭정이 끝난 뒤 백성들의 나라가 세워지고 영웅이었던 대총통의 명예는 실추됐다.

그러나 원세개는 괘념치 않았다. 그 명예를 얼마든지 높일 수 있다고 생각했다. 중화민국 참정원 국민대표 1993명이 만장일치로 원세개를 황제에 추대했다.

그들은 모두가 원세개의 뇌물을 받거나 조종을 받는 자들이었다. 처음 추대를 받았을 때 원세개는 사양을 하면서 황위에 뜻이 없음을 연기했다.

그러나 다음 날 다시 추대를 받고 다른 반응을 보였다.

추대를 받은 원세개의 입가에 진한 미소가 배어들었다.

참정원장에게 황위에 오를 것이라고 말했다.

"중국 인민의 뜻이 이러하니 다시 거절하는 것은 도리에 어긋날 것이오. 인민의 뜻을 받아 황위에 오르겠소."

"경하드립니다! 황상 폐하!"

"이제부터 연호를 홍헌이라고 하며, 중화민국이 아닌 중화제국을 국호로 선포하는 바요! 중화제국은 짐이 통치하는 나라며 짐에게 충성하는 이는 모두 백성이 될 수 있소! 심지어 한족이 아니더라도 짐을 따르면 동족이 될 것이오! 대중화제국의 번영을 기원하는 바요!"

한족의 나라라는 정체성을 버리고 청나라 시절의 영토를 새 나라의 영토로 삼는다는 명분을 세웠다.

그리고 부복한 대표들의 손을 잡으면서 감사를 표했다.

원세개의 황제 즉위로 함께 혁명을 이룬 사람들이 실망했고 이내 반대의 뜻을 나타냈다.

더 이상 중화민국에서 대총통은 없었다.

"백성의 나라이기에 백성에게 권력이 있고, 백성을 위한 정치를 해야 하오! 그런데 원세개 이자가 대총통의 권력을 가졌음에도 만족하지 않고 중원과 국민을 자기 것으로 소유하려고 하오! 이 자의 욕심이 천지를 먹어치워도 끝이 없으니 반드시 끌어내려야 하오!"

"거병해서 원세개와 그의 무리를 물리쳐야 하오!"

"옳소!"

광동성 총독부에 모인 사람들이 목소리를 드높였다.

손문 앞에서 혁명을 이뤄낸 동지들이 목소리를 높였다.

신해년에 혁명을 일으키고 완수한지 2년이었다.

그 사이 송교인은 누군가의 저격을 받고 숨졌고, 황흥은 원세개의 대총통을 반대하며 거병했다가 실패하고 미국으로 망명을 간 상태였다.

그리고 왕정위는 혁명을 주도한 이가 권력을 잡으면 안 된다는 신념으로 유럽으로 유학을 가 있었다.

대신, 변법자강운동을 추진하다가 원세개의 배신으로 피해를 입었었던 양계초가 손문에게 합류해 힘을 더하고 있었다.

그리고 채악을 비롯한 여러 동지들이 뜻을 모았다.

채악은 운남군을 이끄는 군벌이었고 일찍이 원세개의 칭제를 예상 했던 인물이었다.

그가 손문에게 북양군에 관한 이야기를 전했다.

"북양군 안에서 원세개의 칭제에 반감을 가진 지휘관이 많소. 그들을 우리 편으로 끌어들인다면 충분히 원세개를 황위에서 끌어내릴 수 있소. 지난 혁명 때처럼 대업을 성취하는 거요."

양계초의 말을 듣고 손문이 고개를 끄덕였다.

"북양군을 회유하겠소."

원세개의 칭제에 분노한 민심이 극에 달한 상태였다.

그리고 그중엔 원세개를 믿고 따랐던 북양군도 포함되어 있었다. 서태후의 명을 따랐을 때도 상관을 믿고 따랐다. 그때의 상관과 칭제를 선포한 상관의 사정이 완전히 달랐다. 전자는 그래도 반역한 무리들을 토벌한다는 명분이 있었다. 반대로 청 조정에 총구를 돌렸을 때에도 생존과 민의를 따른다는 명분이 있었다.

그렇지만 이미 중화민국의 군대가 된 북양군은 원세개를 따라야 할 명분이 없었다.

"해도 해도 너무하는군!"

"장군. 황제 폐하께서 남방에서 일어난 반란군을 토벌하라고 하십니다."

"지금 내게 황제 폐하라고 했는가? 원세개가 언제부터 황제였는가? 우리는 원세개의 군대가 아닌 중화민국과 인민을 지키는 군대다! 절대 토벌 지시를 따르지 마라! 오직 내 명령만 따라! 누구도 함부로 부대를 출동시킨다면 내 손에 죽을 줄 알아! 알겠나?!"

"예! 장군!"

"어떻게 감히… 칭제를…….."

심복 중에 '단기서'라는 이름을 가진 자였다.

원세개를 믿고 따랐던 단기서는 그의 칭제에 실망하고 내려지는 명령을 묵살했다.

그리고 그와 같은 북양군 지휘관이 적지 않았다.

북양군 외 모든 군벌이 원세개에게 분노했고 북양군에서도 일부 부대만 원세개의 명을 따르며 충성심을 보였다.

그 결과는 불을 보듯 뻔했다.

남쪽으로 진격한 북양군이 호국군이라 자칭한 반군과 교전을 벌이고 대패했다.

파발마가 달렸고 전화선을 통해 북경으로 패전 보고가 전해졌다.

보고를 받은 원세개가 분노했다.

"황제가 황명을 내렸는데 어찌 감히 묵살하며 능멸할 수 있단 말인가?! 더군다나 단기서 이놈은 어떻게 된 놈이더냐?! 내가 상관일 때 그렇게 아꼈는데……!"

"처음부터 몹쓸 인사였습니다! 폐하!"

"쳐 죽일 놈들!"

칭제를 부추긴 양탁과 엄복, 호영, 주계검 등의 신하들이 곁을 지켰다.

그리고 그들은 예상과 다르게 북양군 내서의 반발에 대해서 크게 당황하고 있었다.

책상을 주먹으로 내려치며 부들부들 떨던 원세개가 영국에 대해서 분노를 표출했다.

"짐을 돕겠다고 했다! 무기지원도 하겠다고 말이야! 그런데 어째서 약속을 지키지 않는가?!"

"전쟁 중이라서 아무래도 폐하를 도와드리기에는……."

"전쟁을 치르고 있는 것과 약속을 지키고 말고가 무슨 상관이냐?! 조약을 맺었으면 마땅히 지켜야 하는 것이 아닌가?! 대영제국이 말이다! 그렇지 않은가! 다시는 섬나라 해적 놈들과 약속 따위를 맺지 않을 것이다!"

원세개에게 보고되기 전에 양탁 등에게 전해진 소식이 있었다.

중화제국은 중화민국과 전혀 다른 나라이기에 조약을 지켜야 할 이유가 없다고 영국 공사관에서 통보를 했다.

때문에 원세개는 궁지에서 빠져나갈 수 있는 방법을 찾으려고 발버둥을 쳤다.

그리고 조선을 떠올렸다.

"그래! 조선이라면 짐을 도울 수 있겠지! 조선의 군주가 황제를 칭하는 만큼, 짐을 도와야 황실의 안위를 지킬 수 있을 것이다! 백성 따위에게 권력을 허락하는 나라가 곁에 있다면 황실의 권위도 계속 위협받을 것이야! 속히 조선공사관으로 사람을 보내서 짐을 도우라고 요청하라!"

"예…! 폐하!"

군주국인 조선이 자신의 처지를 이해하고 도울 것이라고 생각했다.

조선공사관으로 군사 지원을 요청했고 그 소식은 이내 전문을 통해서 한양으로 전해졌다.

외부와 총리부를 통해서 이희에게 보고가 올라왔다.

협길당에서 장성호와 유성혁, 민영환이 알현했다.

이척이 자리에 함께하고 있었다.

이희가 반문하듯이 장성호에게 물었다.

"우리 조선에게 병력을 보내달라?"

"예. 폐하."

"그냥 보내달라고 하지는 않았을 테고, 어떤 말로 짐을 설득하려고 했는가?"

"민권 운운하는 나라가 이웃에 있으면 조선 황실에 이로울 게 없다, 라고 했습니다. 같은 황제국이니 마땅히 도와야 한다고 했습니다."

"기가 막히는군."

"신도 어처구니가 없습니다."

장성호의 보고에 이희가 한숨을 쉬었다. 그리고 단호하게 말했다.

"외부대신."

"예. 폐하."

"짐이 하는 말 그대로 원세개에게 전하라. 100년 전의 군주는 분명히 백성들 위에 군림하는 자일 것이나, 지금의 군주는 백성들이 권위를 허락해야 지킬 수 있는 자리다. 때문에 황실이 나라를 상징하기면서 막강한 권위를 드러낼 수도 있지만, 이는 외국에 국한 되며 백성들에게는 본이 되어야 하며 백성을 하나로 묶고 이끌어야 한다."

이희가 잠시 말을 멈추었다 다시 이어나갔다.

"대조선제국과 대고려제국은 동서양에 조선을 알리기 위한 국호이지만 백성들에게는 그저 민국이다. 조선과 이웃하는 나라가 군주국이나 민국이 되었든, 조선 황실은 나라와 백성을 대표하며 국방과 민생을 위해 최선을 다할 것이다."

장성호는 그의 말 한마디 한마디를 유심히 들었다.

"따라서 조선 황실은 절대 폭군과 독재자를 돕지 않을 것이다. 중국의 백성이 황제의 존재를 거부하니, 민심이 천심이라, 욕심을 이제 그만 부리고 이제 화를 모면하라… 여기까지다. 이를 원세개에게 전하라."

"황명을 받들겠습니다. 폐하."

민영환이 수첩에 이희가 말한 바를 써서 기록으로 남겼다.

그를 보다가 이희가 태자를 불렀다.

"태자."

"예. 아바마마."

"아비도 이제야 겨우 깨달은 것이다. 그러나 너는 더 큰 깨달음을 얻고 조선 최고의 성군이 되어야 한다. 알겠느냐?"

"명심, 또 명심하겠습니다. 아바마마."

필히 유념하겠다는 자식의 의지가 얼굴에 새겨져 있었다.

이척의 다짐을 보고 이희가 만족했다.

그리고 성혁에게 만약의 사태를 대비하라고 말했다.

민영환과 주중조선공사관을 통해서 이희의 전언이 원세개에게 전해졌다.

그 말을 듣고 원세개가 노발대발했다.

"짐이 폭군이라고?! 독재자라고?! 속국의 왕 따위가 감히 내게 망발을 일삼았더냐?!"

"소…송구합니다…! 폐하!"

"감히 조선왕이…! 어떻게……!"

이를 갈면서 이희에게 분노했다.

자신을 처음 만났을 때 몹시 긴장하고 두려워했던 조선의 군주의 모습을 기억했다.

그랬던 이희가 자신을 두고 폭군과 독재자로 칭하면서 돕기를 거부했다.

그에 대한 화가 치밀어 오름과 동시에 남쪽에서 북진하는 호국군을 어떤 식으로든지 막아야 한다고 생각했다.

원세개의 곁을 지키는 자 중에 엄복이라는 자가 있었다.

그는 외국 공사관과 교류하는 자였다.

그의 머릿속에서 번갯불이 번쩍였다.

그는 수시로 서양 대전의 전황을 듣는 자였다.

좋은 수가 떠올라서 원세개에게 말했다.

"폐하! 아라사에게 군대를 보내 달라 하시는 것이 어떻겠습니까?"

"아라사에게?!"

"예! 영국과 맺으신 조약의 혜택을 그대로 아라사에게 허락하시옵소서! 또한 독일에게 할양된 산동의 청도를 아라사에게 넘기신다면, 청도의 독일군을 궤멸시키기 위해서라도 아라사의 군대가 이 나라에 들어와서 폐하를 도와드려야 할 것입니다! 아라사는 부동항과 동양의 광산을 원하고 있습니다!"

엄복의 이야기를 듣고 원세개가 되물었다.

"아라사가 짐을 도와주겠는가……?!"

"예! 폐하!"

"독일과 전쟁을 치르고 있다! 짐을 도울 여유가 있겠는가?!"

"아직은 있습니다! 불란서와 영국이 독일을 상대하고 있고 아라사는 오지리군을 상대로 연전연승할 만큼 군사력의 여유가 있습니다! 그리고 아라사는 불란서, 영국, 독일이 보여주는 참호 전투의 참혹함을 알고 있습니다! 방어를 벌이는 쪽은 유리하지만 공세를 벌이는 쪽은 매우 불리합니다! 때문에 소수의 독일군이 접경지의 아라사군을 능히 막아내고 있습니다! 폐하께서 앞서 말씀드린 혜택을 허락하신다면 아라사군은 무리해서 독일로 가지 않고 폐하를 도와 반군을 토평할 것입니다!"

"……!"

"아라사만이 유일한 살 길입니다! 폐하!"

엄복이 거듭 말하면서 러시아의 군대를 끌어들이자고 원세개에게 말했다.

그리고 원세개가 그의 주장에 잠시 고민했다.

조선은 도와주지 않았고, 한 운명이 된 일본은 말할 것도 없었다.

영국은 약속을 어겼으며 미국은 오히려 호국군을 도와 공화국을 세우고 국익을 찾으려 할 것이 분명했다.

그리고 불란서와 독일은 여유가 없었다.

오직 아라사만이 자신을 도울 수 있었다.

그렇게 생각하면서 원세개가 엄복에게 말했다.

"속히 아라사에게 군대를 요청하라!"

"예! 폐하!"

원세개의 명이 떨어졌고 북경의 아라사 공사관으로 중화제국 정부의 요청이 전해졌다.

그리고 전신을 통해 러시아의 수도인 상트페테르부르크로 군사지원 요청이 전해졌다.

변곡이 일어났다.

러일전쟁을 치르지 않은 러시아의 군사력이 아직 건재했다.

그런 상태에서 '차르'라는 황제의 호칭을 쓰는 자가 보고받았다.

러시아 차르 '니콜라이 2세'가 총리인 '이반 고레미킨'으로부터 보고 받고 물었다.

"경이 보기에 중화제국의 황제를 돕는 것에 대해서 어떻게 생각하나?"

고레미킨이 바로 답하면서 국익을 위한 선택을 알려줬다.

"군대를 파병하셔야 됩니다."

"독일과 오스트리아는?"

"독일은 모르겠지만 오스트리아는 예비군 없이도 충분히 이길 수 있습니다. 이것은 남쪽의 오스만 제국과 불가

60

리아도 마찬가지입니다. 예비군을 동쪽으로 보내신다면 중국의 광산을 차지하고 청도를 비롯한 부동항을 얻으실 수 있습니다. 독일은 영국과 프랑스에게 맡기셔도 될 것 같습니다."

총리의 의견을 듣고 니콜라이 2세가 고개를 끄덕였다. 그리고 곧바로 명령을 내렸다.

"후방에서 대기 중인 예비군을 동쪽으로 보내게. 중화제국 황제를 도와 동양에서 국익을 취할 것이네. 독일의 부동항을 우리가 가져 갈 것이네."

"예. 폐하."

곧바로 전쟁을 수행하고 있는 러시아 군부로 명령이 하달됐다.

그리고 시베리아 횡단 철도를 통해 동쪽으로 군대가 보내졌다.

그 사실이 조선에도 알려지게 됐다.

신조선 新제기

충돌을 일으키다

"아라사가 원세개에게 원군을 보냈단 말인가?"

"예. 총리대신."

"상상조차 못했군. 원래대로라면 이대로 원세개가 몰락해야 되지 않는가?"

"아라사가 도와주지 않는다면 말입니다. 하지만 이젠 아라사가 원세개를 돕기에 중화제국은 우리가 아는 것과 다르게 제대로 건국될 수 있습니다. 엄청난 희생을 치르고서 말입니다. 중국에서 크나큰 내전이 일어날 겁니다."

장성호가 외부와 정보국의 첩보를 종합해서 김인석에게 알려줬다.

이미 역사가 달라졌지만 원세개의 미래 또한 다시 한번

바뀌었다.

가만히 있으면 그가 중원을 차지할 것 같았다.

두 사람이 함께 발걸음을 옮겼다.

"폐하께 알리도록 하지."

"예. 총리대신."

협길당으로 향해 이희를 알현하고 러시아군이 북경으로 향하고 있음을 알려줬다.

보고를 들은 이희가 고개를 끄덕였다.

아비를 대신해서 이척이 두 사람에게 물었다.

"만약 원세개가 호국군을 상대로 이기고 중화제국을 세우게 되면 어찌 되는 거요? 조선에 국익과 손해는 어떻게 되겠소?"

그 물음에 장성호가 차분하게 대답했다.

"중화민국은 한족의 나라며 한족의 땅이 영토입니다. 하지만 원세개의 중화제국은 그에게 충성을 바치는 모든 이가 한족입니다. 이 경우 한족이라는 명칭은 아무 소용이 없습니다. 충성을 강요하고 백성이라 주장할 수 있습니다. 그 논리를 우리에게도 적용할 수 있습니다."

"조선을 집어 삼켜서 아바마마의 백성을 놈의 백성이라 우길 수 있다?"

"예. 전하. 나아가서 우리 선조들의 역사를 중화제국의 역사라 주장할 수 있습니다. 그 씨앗이 싹이 터서는 절대 안 됩니다."

장성호의 이야기를 듣고 이척의 표정이 심각해졌다.

이어서 김인석이 그와 이희에게 말했다.

"무엇보다 중화제국이 제대로 세워져서는 안 됩니다."

이희가 물었다.

"어째서 그러한가?"

"천심을 거스르고 대의를 거스르는 일이기 때문입니다. 민심과 정통성이 중화민국에 있기에 중화제국은 존재하지도, 존재해서도 안 되는 나라입니다. 과욕을 부린 원세개는 멸망되어야 합니다."

다시 장성호가 강하게 주장했다.

조선을 위한 유일한 길을 알려줬다.

"폐하의 안위와 나라와 백성을 위하고 정의를 위하는 길은 오직 중화민국을 바로 세우는 것입니다. 전쟁을 치러서라도 이를 성취하셔야 됩니다."

양보할 수 없는 대의였다.

더군다나 국익과 정의가 달려 있었고 적이 모르는 최신 무기와 정예군까지 보유하고 있었다.

그동안 성장시킨 산업과 공업력으로 충분히 적의 생산력을 압도할 수 있었다.

마지막 변수에 대해서 이희가 물었다.

"만약, 아라사를 상대로 싸우면, 아라사와 협상동맹을 이루는 불란서와 영길리는 어떻게 나오겠는가?"

그의 물음에 장성호가 대답했다.

"아라사가 먼저 선전포고하게끔 만드시면, 적어도 우리가 동맹국 편에 가담하지 않는 한 아라사와의 전쟁을 관망하게 될 것입니다. 절대 영국과 불란서를 적대하지 않겠다는 의사를 그때 알려주셔야 합니다."

"어떻게 먼저 선전포고를 하도록 만들 것인가?"

"우선, 아라사에게 원세개를 지원하는 일이 조선의 국익을 해하는 일임을 알리시고, 원세개에 대한 지원 중단을 요구하시옵소서. 만약 아라사가 원세개를 지원한다면 남쪽의 호국군을 돕겠다고 경고하셔야 됩니다. 그리고 영국과 불란서에 아라사군이 온전히 동맹군을 상대하길 원하신다는 뜻을 전하셔야 됩니다. 그럼에도 불구하고 아라사가 원세개를 도우면 결국 아군과 충돌을 일으키게 되고……."

"짐과 짐의 조선을 깔보는 아라사가 먼저 선전포고를 하겠군."

"아라사가 선전포고하면 그때부터는 전군을 동원하시고 북진을 명하시면 됩니다. 세상 어느 나라도 아라사를 도울 수 있는 나라는 없습니다. 그리고 우리에겐 미국이 도울 것입니다. 유과장이 반드시 그렇게 만들 것입니다."

마지막 변수 또한 조선에게 대세를 이루고 있었다.

화평이 좋으나 어떤 순간에는 반드시 전쟁을 치러서라도 공의를 이룩해야 하는 때가 있었다.

그때가 바로 현재였다.

"경들에게 짐이 위임을 할 것인 즉, 짐에게 말한 대로 전쟁을 준비하라. 또한 수시로 짐에게 보고하라. 짐은 백성의 안전과 국익과 정의를 지킬 것이다."

"황명을 받들겠습니다! 폐하!"

이희의 명이 떨어졌다.

김인석과 장성호가 조선 황제의 황명을 받들었고 장성호가 주도해서 외부와 군부에 조치를 전하기 시작했다.

외부대신인 민영환이 러시아 공사관으로 관리를 보냈다.

관리는 조선글과 러시아글로 쓰인 공문을 러시아 신임 공사에게 넘겨줬다.

공문을 받고 러시아 공사가 미간을 바짝 좁혔다.

"원세개를 도우면 조선군이 반군을 지원하겠다고……?"

"반군이 아니라 호국군입니다. 그리고 중화민국 정규군입니다. 중화민국군을 도와 원세개와 반군을 소탕할 것입니다."

"그것이 무엇을 뜻하는 것인지 알고 있소? 자칫해서 조선군이 우리 군을 공격하게 되면……!"

"그래서 도와선 안 된다는 겁니다."

"뭐요……?!"

"조선과 아라사의 우호를 위해 순리를 거스르는 원세개를 돕지 말라는 겁니다. 조선 조정에서는 아라사가 정의로운 선택을 이루길 원합니다."

"기막히는군! 어찌되었건 알겠소! 하지만 우리 군이 지원을 중단할 것이라고 기대하지는 마시오!"

"이만 가보겠습니다."

"괘씸한 것 같으니……!"

"…….'"

조선의 공문에 러시아 공사가 크게 분노했다.

그리고 그의 반응이 외부 관리를 통해 민영환에게 전해지면서 러시아가 원세개에 대한 지원을 중단하지 않을 것이라고 예상하게 됐다.

러시아 공사가 받은 공문의 내용은 전신을 통해 이내 상트페테르부르크로 전해졌다.

보고를 받은 러시아 차르가 기막혀 했다.

"고려가 중국의 반군을 돕겠다고?"

"예. 폐하."

"미쳤군. 그리되면 짐의 러시아와 충돌을 일으키는 것도 감수하겠다는 뜻이 아닌가? 요즘 고려가 잘 나간다더니 눈에 보이는 게 없는 모양이군. 예전에 고려가 어려울 때 도와줬더니 이런 식으로 배신을 해? 단언컨대 전쟁이 일어나면 짐은 고려를 정복하고 부동항을 얻을 것이다! 반드시 말이야! 고려의 경고 따위는 무서울 게 없으니 무시한다!"

"예! 폐하!"

조선의 경고를 무시하고 원세개를 계속 지원하라고 명령을 전했다.

그리고 몽골 북쪽에 도착한 러시아군이 남하하면서 중화민국의 영토를 밟았다.

원세개가 통제하고 있는 중원으로 들어오면서 러시아군

의 군세가 알려지기 시작했다.

외부와 정보국으로 첩보가 전해졌다.

그리고 중복되는 첩보를 통해 러시아군의 전력을 정확하게 판단했다.

장성호가 협길당에서 이희에게 보고했다.

"원세개를 돕는 아라사군은 총 30만명입니다. 전군 소총과 화포로 무장하고 있습니다. 선봉 부대가 이미 북경에 이르렀습니다."

"병력이 생각보다 많군."

"예. 폐하."

"아라사 전체 병력은 얼마나 되나?"

"애초에 정규 육군만 100만명 수준이었지만 지금은 동원령이 내려진 상태이기에 1000만 명으로 보셔도 됩니다. 원세개를 지원하는 부대는 정예군이 아닌 동원 군사들입니다. 하지만 10만명 정도밖에 안 되는 호국군에게는 위협적일 겁니다. 우리의 도움이 없으면 호국군이 반드시 패할 것입니다."

1000만 대군이라는 어마어마한 병력에 이희가 입을 다물었다.

이척 또한 굳은 표정을 지으면서 엄청난 병력에 대해 두려움을 나타냈다.

두 사람을 보고 장성호가 미소 지었다.

"1000만 대군이지만 유령과 다를 바 없습니다. 그들 전체를 무장시킬 수 있는 무기와 공업생산력이 아라사에게 없습니다. 다만 여럿 병사 중 한명이 소총을 들고 함께 뛰면서 한명이 쓰러지면 옆의 병사가 무기를 주워서 돌격하는 인해전술을 쓸 수 있습니다. 그리고 원세개를 돕는 부대와 유럽 전선에서 싸우는 부대만 완전 무장하고 있습니다. 그들을 격파하면 아라사군은 아무것도 아닙니다. 아군에겐 적이 모르는 비밀 병기가 있습니다."

"전차 말인가?"

"전차뿐만이 아니라, 훈련도에서도 앞섭니다. 그리고 폐하께서도 동원령을 내리시면 아라사만큼은 아니지만 수백만 대군을 동원할 수 있습니다. 그 군대가 정규군만큼 전원이 무장할 수 있습니다. 이 점이 아라사군과 조선군의 다른 점입니다."

전차를 언급하자 이희의 입가에 미소가 배어들었다.

이척 또한 짐짓 찾아왔던 걱정을 떨쳐버렸다.

적을 알고 자신을 바로 알았다. 그러자 반드시 이길 것이라는 확신만이 들었다.

이희가 지휘관에 대해서 물었다.

"적 지휘관은 누구인가?"

"알렉세이 니콜라예비치 쿠로팟킨 원수입니다."

"경력 사항은?"

"투르키스탄 코칸트 군사 작전과 오스만 제국과의 전쟁에서 전공을 세웠습니다. 중앙 정부의 선쟁성 장관에 있었다가 지역 주지사로 취임하며 정치를 벌인 적도 있습니다. 개전 후엔 군에 복귀해서 예비군을 맡아서 대기하고 있었습니다."

"그럼 이제 전투를 벌인다면 첫 전투를 벌이겠군."

"예. 하지만 충분히 경계를 해야 된다고 생각합니다. 이미 1년 넘게 전쟁을 치르면서 여러 교전 과정과 결과들이 아라사에 보고되었을 겁니다. 작전을 벌이는 데에 있어서도 최근의 전술 교리를 따를 겁니다. 폐하."

지휘관에 대한 정보를 듣고 그를 경계해야 된다는 말에 이희가 동의했다.

그러면서 조선군의 승리를 의심하지 않았다.

"우리는 그 이상을 준비했으니 당연히 이겨야 할 것이다. 그리고 짐의 군사들도 그럴 것이라고 믿는다. 아라사가 선전포고하면 곧바로 선전포고하고 먼저 공격해야 할 것이다. 이를 군부대신에게 전하라."

"예. 폐하. 황명을 받들겠습니다."

＊　＊　＊

선공을 위해 만주에 배치되어 있던 육군을 전진배치시켰다.

그리고 광동성 광주에 조선군이 도착했다.

중화민국군인 호국군을 지원하는 조선군은 명실공히 최정예 부대였다.

손문이 부대 사령관과 악수했다.

"이렇게 도우러 와주셔서 감사합니다. 중화민국 임시 대총통 손문입니다."

"해병대 사령관 박정엽 대장입니다. 만나게 되어서 반갑습니다."

일본과 전쟁을 치를 때 소장 계급이었다.

그리고 해병 1사단을 지휘하면서 이척의 직속상관이기도 했다.

천군의 지휘관이면서 여장부인 이주현과 누구보다 친한 사이였다.

그리고 이립에 이르지 못한 나이로 만명 넘는 군사들을 이끌며 적지에 제일 먼저 태극기를 꽂은 이엿다.

그러한 박정엽에게 호국군의 주력이 되는 운남군의 채악도 기대를 나타냈다.

악수하면서 박정엽의 기운을 살폈다.

"그리 강해 보이지는 않는군."

"그래도 나름 운동하고 있습니다."

"내가 말하는 것은 전장을 지배할 수 지도력을 말하는 거요. 하긴 그런 걸 믿는 것도 미신이겠지… 결과가 지도력을 증명하오. 이렇게 군을 끌고 와줘서 고맙소. 참으로 고맙소."

키는 컸지만 그리 듬직한 체격을 가지지 않았다.

때문에 박정엽을 보고 위압을 느낀다거나 어떤 지도력을 느끼지 못했다.

하지만 그에게는 명확한 전과가 있었고 통역장교를 통해 그와 이야기를 나눈 채악은 원세개의 군사들을 상대로 반드시 이길 것이라고 생각했다.

러시아가 원세개를 돕기 시작한 것을 알고 있었다.

그에 관한 첩보를 받았고 광주에 도착한 조선군의 전력이 궁금했다.

함께 힘을 합쳐서 러시아군을 격퇴 시켜야 했다.

수송함에서 내리는 해병들을 보며 채악이 박정엽에게 물었다.

"혹시 이게 다요?"

많아서 묻는 질문이 아니었다. 정엽이 대답했다.

"아닙니다. 2개 사단이 더 올 겁니다."

"2개 사단? 그러면 병력이……."

"3만명 정도입니다."

"3만명?"

"지금 상륙하는 해병 1사단과 해병대 사령부 포함해서 총 지원 부대는 5만명입니다. 조선의 해병대가 호국군과 함께 할 겁니다."

총 지원군이 5만 병력이라는 말에 채악의 얼굴에서 웃음기가 사라졌다.

그 대신 손문이 여유를 찾기 위해서 물었다.

"북쪽 만주의 조선군과 호응해서 아라사군을 상대하는 겁니까? 그러면 분명히 승리를……."

손문의 말을 정엽이 잘랐다.

"해병대가 전부입니다."

"예?"

"해병대에 속한 3개 해병 사단과 호국군이 아라사군과 원세개군을 상대할 겁니다. 만주의 아군은 움직이지 않습니다. 우리는 중국의 내전을 동아시아 전쟁으로 확전시키지 않을 겁니다. 적어도 우리가 주도해서 전쟁을 크게 만들지 않을 겁니다."

"……."

"일단, 우창에 사령부를 차리겠습니다. 호국군에서 도와주셨으면 합니다."

5만 병력이 전부라는 말에 호국군이 크게 술렁였다.

채악은 물론이고 손문까지도 당혹감이 얼굴에 새겨져 있었다.

조선 조정에서 무슨 생각으로 5만 군사만 보내는지 의아했다.

"확실히 이길 수 있는 겁니까? 5만명에 불과한 병력으로 유럽 최고의 육군을 가진 아라사군을 이길 수 있는 겁니까?"

손문이 물었고 박정엽이 자신만만하게 웃었다.

"이깁니다. 그러니 걱정하지 마십시오."

"……."

그 말이 믿어지지 않았다.

조선이 일본을 이기고 많은 산업 발전을 이뤘지만 전통의 육군 강국인 러시아를 상대로 수적 열세에서 이길 수 없을 것이라는 생각을 했다.

그럼에도 조선의 도움을 얻는 것만이 유일한 길이었다.

우창에 호국군을 돕기 위한 조선군 사령부가 세워지고 해병대 사령관인 박정엽이 전군을 통솔하기 시작했다.

해병 1사단이 우창에 주둔한 가운데, 이어 해병 2사단과 해병 3사단이 광동성에 상륙했다.

그리고 우창으로 재배치되었다.

광주에 다시 조선의 화물선이 도착했고 본격적인 보급이 이뤄졌다.

동시에 호국군에 대한 무기 지원이 이뤄지기 시작했다.

조선군이 운용했던 천둥 일식 화포가 호국군에게 공여됐고 앞에 운남군 장병들이 모였다.

길게 뻗은 포신을 보면서 운남군 장병들이 감탄했다.

"이게 천둥 일식이라 불리는 화포야?"

"불란서의 M1897을 조선에서 생산한 것이라고 들었어. 우리가 보유한 화포는 전부 서양의 구식 화포인데다가 청나라 시절 때 비싼 값을 주고 산 화포인데, M1897은 지금도 서양 제국이 주력으로 쓰고 있는 화포야. 이런 화포를 우리에게 넘겨주다니."

"대체 조선에서는 얼마나 더 좋은 걸 쓰기에 이런 걸 주는 거야? 정말 화포가 남아도나 봐."

운남군에서는 포격했을 때 포신이 후퇴하지 않고 화포 전체가 뒤로 밀려나는 구식 화포를 보유하고 있었다.

그리고 그 수량도 절대 많지 않았다.

조선군이 천둥 일식을 넘겨줌에 그것을 운용하게 될 운남군 장병들이 기뻐했다.

호국군 지휘관들도 조선이야말로 중화민국의 혈맹이라고 생각했다.

동시에 조선군이 운용했던 소총과 기관총을 넘겨받았다.

상자를 열자 안에서 소총이 쏟아져 나왔다.

소총을 꺼낸 운남군 병사가 환하게 웃었다.

"총열 안이 깨끗해! 관리가 잘 되었어!"

"독일제 마우저 소총을 서반아식 구경에 맞춘 거야. 그걸 조선에서 만들어서 쓴 것이고, 이걸로 우리가 무장할 거야."

"저길 봐! 저기에 맥심기관총이 있어! 이제 우리도 기관총을 운용할 수 있어!"

한양 보총으로 무장해서 소총을 쏘다가 착검한 상태로 육탄전을 벌이는 전투를 피할 수 있었다.

새 화포로 포격을 가하고 소총과 기관총으로 적을 소탕할 수 있었다.

조선에서 생산된 탄약이 상자 안에 담겨서 빼곡히 쌓였다.

쌓인 총탄과 포탄이 담긴 상자를 보면서 호국군이 사기가 충천해 어느새 러시아군에 대한 두려움도 지우게 됐다.

그 모습을 손문과 채악이 지켜봤다.

그리고 한쪽에 빠져 있는 상자 더미들로 시선을 돌렸다.

따로 쌓아놓고 호국군의 접근을 막는 것을 보며 박정엽에게 물었다.

"저건 우리에게 주는 것이 아닙니까?"

"호국군에게 공여되는 무기가 아닙니다."

"그러면 조선군이 씁니까?"

"아닙니다."

"그러면 누구에게 공여되는 겁니까? 우리 외에 아라사와 원세개에게 맞설 무리가 있습니까?"

손문의 물음에 박정엽이 서쪽 하늘을 쳐다봤다.

"우리가 잘 알지 못하는 친구가 있습니다. 원세개에게 상당히 원한이 깊은 친구인데 그 친구들에게 줄 무기입니다. 우리와 함께 적을 상대로 싸울 겁니다."

서쪽에 그런 친구가 있는지 의문이었다.

그 친구가 누구인지 다시 정엽에게 물어보려고 했다.

그 전에 정엽이 먼저 말했다.

"이제 무장도 갖췄으니, 본격적으로 적을 상대해 봅시다. 아라사군이 대군인 만큼 거침없이 부대 배치를 이루고 공격해올 겁니다. 우리는 먼저 방어에 나서야 됩니다."

이야기가 돌려지면서 무기의 행선지를 물을 수 없었다.

그저 조선 조정의 조치라는 것만 듣고 아라사군과 원세개군에 집중했다.

조선군 해병대의 지도를 받으면서 참호전의 기본을 익히고 호를 파기 시작했다.

철조망을 설치하고 사이에 폭약과 클레이모어를 설치한 뒤 아라사군이 오기를 기다렸다.

조선군이 호국군을 지원한다는 사실이 원세개에게 전해

졌다.

그것을 들은 원세개는 다시금 성을 내면서 집무실의 집기를 집어던지면서 깨버렸다.

씩씩거리면서 또 한번 이희에 대한 분노를 드러냈다.

"전쟁이야! 짐에 대한 전쟁 선포라고! 감히 반역자 놈들을 조선이 돕다니! 미쳐도 여간 미친 게 아니군!"

"5만 대군이 반군을 돕고 있다 합니다."

"5만 군사를 대군이라 말할 수 있나?! 짐의 군사와 아라사 대군은 30만명이 넘는다! 조선은 반드시 짐에게 싸움을 건 대가를 치를 것이다! 포로는 없다! 아라사 사령관에게 짐의 뜻을 전하라!"

"예! 폐하!"

"죽일 놈들!"

한 사람의 조선인도 살려두고 싶지 않았다.

조선의 비수가 끝내 자신에게 향했고 원세개는 그 대가를 조선군에게 치르게 만들려고 했다.

러시아군과 원세개의 북양군이 함께 진공할 준비를 했다.

그리고 조선군 해병대와 호국군이 방비를 마쳤다.

박정엽이 채악과 함께 전선을 살폈다.

조선군의 방식대로 방어선을 펼친 호국군을 보고 채악이 만족했다.

기관총과 포병대 등 화력이 충분했다.

"그동안 우리 힘으로 잘 싸워왔지만 조선에서 공여해준

무기 덕분에 더욱 든든해졌소. 참으로 고맙소.”

진지를 지키는 장병들을 가리키면서 말했다.

그리고 채악이 감사의 뜻을 전하자 정엽도 미소를 띠면서 조중 우호에 만족감을 나타냈다.

남진해올 러시아군과 원세개군을 이길 수 있다 확신했다.

그러면서 조선을 위해서 반드시 싸워 이겨야 하는 이유를 떠올리며 승리를 다짐했다.

그에게 없었던 가족이 있었다.

‘빌어먹을! 못해먹겠네! 대체 천군이 뭐기에 여자 따위가 우릴 굴려?! 니년들이 그렇게 잘 싸워?! 한번 붙어볼까?!’

‘죽고 싶어서 환장했군. 뒈지고 싶지?’

유격대장이었던 상관에게 여자라는 이유로 반발했던 훈련장교를 보고 성을 냈다.

그때 상관인 이주현을 무시했다는 것 때문에 더욱 크게 화가 났고 주현은 직접 훈련장교를 심판했다.

‘이 새끼가 지금 상관을 능멸한 게 아니라, 꼴에 남자라고 여자를 비하했어. 그딴 편견은 명예 제대시킨다고 바뀌는 편견이 아니야. 철저하게 정신을 뜯어 고쳐야지. 박살내버릴 테니까 자리나 만들어.’

주현은 여자도 당당히 강한 군인이 될 수 있음을 보여줬다.

이후로 전장에서 함께 전우애를 다졌다.

'이 장군.'

'장군님이다. 이놈아. 별 달면 군 생활 끝나?'

'에이, 똑같은 소장인데 그러십니까. 부하들도 보고 있는데 봐주십시오.'

'말은 놓지 마라.'

'놓을 생각도 없습니다. 어쨌든 적지에 오신 것을 환영합니다.'

일본과 전쟁을 치를 때 이제는 복강으로 명칭을 바꾼 하카타에서 주현을 만났던 일을 떠올렸다.

오랫동안 알고 지냈지만 여느 장군들처럼 말을 놓기는 참으로 힘들었다.

그리고 전쟁이 끝나고 함께 휴가를 받아서 쉬게 되었을 때 함께 식사를 하면서 시간을 보냈다.

인생에서 가장 힘들었던 순간이 떠올랐다.

'이제 반말 좀 하면 안 되나?'

'뭐?'

'아니, 도대체 여태까지 봐 온 게 몇 년인데, 사석에까지 존댓말을 해야 해?'

'……?'

'요… 아무튼 이제부터 나도 반말 좀 합시다. 나이 차이도 2살밖에 안 나는데, 반말 써도 되잖습니까? 사석에서는 말입니다. 안 그렇습니까?'

기세 좋게 들이댔다가 괜히 기가 죽었다.

그때 주현이 콧방귀를 뀌었다.

'해.'

'진짜로?'

'그래. 대신에 공석에서는 꼭 존댓말을 써. 계급에 대한 예의니까.'

'알겠어. 그럼 기왕 하는 김에…….'

'안 돼.'

'잉? 아니, 내가 무슨 말을 할 거라고 갑자기…….'

'뭘 말할 건지 아니까 안 된다는 거야.'

'허어……'

'그렇게 울상 짓지 마.'

어렵게 자리를 마련했고 머리를 손질하고 옷도 갖춰 입었다.

멋들어진 양장을 입고 주현 또한 예쁜 옷을 입고 식사 자리에 나왔다.

부대에 있을 때와는 다르게 단정하고 예쁜 치마를 입고 하얀 블라우스에 얼굴에 화장까지 했다.

그러자 드러나지 않던 미모가 드러났다.

그 모습을 보고 세차게 뛰던 심장이 더욱 힘차게 뛰었었다.

어쩌면 되겠다는 생각을 했다가 안 될 것이라는 생각을 하면서 주현에게 물었다.

'혹시 사귀는 사람이라도 있는 거야?'

가능성을 확인했다.

'딱히 있는 것은 아니지만. 그렇다고 이 자리에서 덜컥

받아주진 않을 거야.'

'그럼?'

'하는 거 봐서. 계급을 뛰어넘을 매력을 내게 어필해봐. 그러면 생각은 해볼 테니까. 지금 볼 땐 넌 내 부하일 뿐이야.'

그 가능성에 모든 것을 던졌다.

'나중에 나 좋다고 매달리게 할 테니까, 두고 봐.'

'그러시든지.'

마음이 없었다면 함께 식사할 일도 없었다.

서로의 마음을 훔치기 위해 암투를 벌이고 유인 작전을 벌이다가 어느새 서로를 인정하면서 연인이 되었다.

그리고 얼마 지나지 않아서 혼인을 맺고 두 아이를 낳았다.

군부에 배치되면서 한양에 집이 마련됐고 거기서 몇 년 동안 함께 살았다.

그리고 해병대 사령관으로 박정엽이 부임했다.

정엽과 함께 키우던 주현도 군에 복귀하면서 두 사람의 거처가 갈라지게 되었고 자식과 여식은 각각 아비와 어미를 따라 나서게 됐다.

비록 멀리 떨어져 있었지만 서로에 대한 사랑은 절대 옅어지지 않았다.

오히려 멀어졌기에 더욱 절실해질 수 있었다.

세상이 전쟁에 막 휩싸이기 시작했을 때 마지막 휴가를 받았고 요양의 주현의 집에서 마지막 밤을 보냈다.

살을 맞대고 주현을 끌어안으면서 이야기했다.

'이번 전쟁을 끝으로 전역할까?'

'왜?'

'그야 이번 전쟁이 끝나면 한동안 전쟁이 없을 거잖아. 다시 전쟁이 일어난다면 2차 세계 대전일 텐데, 그땐 너나 나나 늙어 있을 거고, 다른 사람들이 조선을 지킬 거야. 그러니 1차 세계 대전이 끝나면 전역할 거야. 군에 있어봐야 가족만 뿔뿔이 흩어져. 그리고 다시 함께 사는 거야.'

남편의 결정을 아내가 존중했다.

'그럼 그렇게 해.'

'그래.'

'아이들을 위해서 싸우겠지만 조선이 세계 대전에 휩쓸리지 않았으면 좋겠어. 조선에서 멀리 떠나야 하니까. 함께 전역해서 행복하게 사는 거야.'

유럽에서 일어난 세계 대전에 조선이 휩쓸리지 않기를 기도했다.

아침이 되자 해병대 사령부가 있는 제주도로 향했고 주현은 요양에서 휘하 부대를 지휘했다.

그리고 파병 명령이 떨어졌다.

제주도의 해병대가 뱃길로 광주로 향해야 했다.

조선에 남는 자식에게 당부했다.

'요양에 가서 네 동생인 채은이를 보살피면서 아비와 어미를 기다리거라. 그리고 집에 아비가 없는 동안엔 네가 가장이다. 알겠느냐?'

'예. 아버지.'

'건강하거라.'

'몸 조심히 다녀오소서.'

자식인 운찬의 인사를 받으면서 집을 나섰다.

10살밖에 안 되었지만 나름 장군의 아들이었다.

정엽이 없는 동안 집에 홀로 있어야 했기에 어머니인 주현이 살고 있는 요양으로 향했다.

그리고 그곳에서 여동생을 보살피며 아비와 마찬가지로 군을 지휘하는 어미를 기다렸다.

부부가 조선의 지휘관이었고 똑같이 대장 계급으로 휘하 부대를 통솔하고 있었다.

나라를 위해서 싸우는 별다른 이유가 없었다.

자녀의 국적이 조선이었고 자녀를 위한 삶을 살기 때문이다.

운찬과 채은을 위해서 싸우고자 했다.

멀리서 말을 탄 정찰병들이 달려왔다.

호국군 정찰병들이 채악에게 보고했다.

"적이 몰려옵니다!"

"얼마나?"

"전부인 것 같습니다! 눈에 보이는 병력만 여러 사단입니다!"

한족의 땅인 화남과 화북은 평원이 끝없이 펼쳐진 곡창 지대였다.

때문에 조금만 높은 곳에 올라가도 지평선까지 훤히 볼 수 있었다.

정찰병의 보고를 믿고 러시아군과 원세개군의 공격을 대비했다.

"전군 위치에서 대기하라!"

"예! 장군!"

채악의 명을 호국군 장병들이 따랐다.

동시에 정엽도 휘하 군사들에게 명령을 내려서 전투를 준비시켰다.

3명의 해병 사단장을 호출했고 중군을 맡은 해병 1사단장과 함께 사단 본부에서 해병대를 지휘했다.

해병 1사단장이 박정엽을 걱정했다.

"사령관님."

"불렀나?"

"예, 사령관님. 사령관님께서 전선에 너무 가까이에 계셔서 걱정이 됩니다. 차라리 후방에 사령부를 두셔서 그곳에서 소장들을 지휘하시는 것이……."

"자네는 어째서 이곳에 있나?"

"그야, 전선을 바로 봐서 잘 지휘하려고……."

"내 생각이 자네 생각일세. 후방에 고지라도 있으면 모르겠지만 중국 땅이 평지라서 이렇게 전선 가까이에 오지 않으면 어떻게 교전이 이뤄지는지 알 수가 없어. 그래서 중간에 위치한 자네 부대의 본부에 사령부를 위치시킨 것이네. 그리고 여기까지 포탄이 올 일이 없으니 걱정하지 말게."

"예."

"적이 아군 포병대 사정거리에 들어오면 바로 쏘지 말고 대기하라고 명을 전하게. 늘 그래왔던 것처럼 적을 끌어들여서 궤멸시킬 것이네."

"알겠습니다."

해병 1사단장의 이름은 '김동삼'이었다.

그는 본래 근대 교육을 받고 후학을 양성하다가 일제의 강제 합병이 이뤄진 뒤 신흥무관학교를 세워야 하는 인물이었다.

그리고 천군의 등장과 왕후 시해 시도 사건으로 육군사관학교에 입교해 해병대 배치를 받고 일본과의 전쟁에 참전했다.

이척과 다른 부대의 지휘관으로 전투를 치렀고 소장이 되어 해병 1사단을 지휘하고 있었다.

그리고 그의 휘하에 처음부터 정엽이 아는 인물이 있었다.

1연대장이 김동삼으로부터 지시를 받았다.

"적이 마지막 철조망에 이르렀을 때 클레이모어를 터트리고 사격한다. 절대 그 전에 발파해선 아니 될 것이야."

"명을 따르겠습니다."

해병 1연대를 지휘하는 자는 '이중헌'이었다.

그것이 본명이었고 만약에 가명을 썼다면 '이시영'이라 불려야 할 인물이었다.

내부대신인 이시영은 '성재'라는 호를 쓰고 있었고 그는 '우재'라는 호를 쓰고 있었다.

　호가 두 사람의 이름을 구분 지었다.

　그러나 앞으로 그럴 일이 없었다.

　김동삼과 비슷한 경우로 해병 지휘관이 된 이중현이 해병들을 지휘하면서 적이 오기를 기다렸다.

　그리고 러시아군이 20리 거리를 두고 진군을 멈췄다.

　눈에 보이는 수만 병력이 일제히 멈췄다.

　아마도 지평선 너머의 다른 부대도 멈춘 것 같았다.

　극동군 사령관인 쿠로팟킨이 휘하 지휘관들에게 지시했다.

　조선군이 호국군을 돕는 사실을 알고 있었다.

　조선군의 포병부대를 쿠로팟킨이 경계했다.

　"고려군이 반군을 돕고 있다. 놈들은 프랑스의 야포인 M1897로 무장하고 있으니 우리가 보유한 화포라면 충분히 놈들의 진지를 두들길 수 있다. 포병부대를 전개시키는 동안 보병은 적진지를 경계하라."

　"예! 장군!"

　쿠로팟킨의 명령을 받아 러시아군이 신속히 움직였다.

　그 모습을 원세개의 북양군이 지켜보고 있었다.

　"반군 놈들도 이제 끝이야!"

　"조선군과 함께 쓸어 버려!"

　강력한 러시아군의 야포가 불을 뿜어서 호국군과 조선군의 진지를 불태울 것이라고 생각했다.

이내 우마차에 이끌리던 수레가 멈춰 섰고 러시아 포병이 수레에 걸린 야포를 빼서 포구를 돌렸다.

그 모습이 망원경을 통해 채악의 눈에 들어왔다.

급히 정엽이 있던 해병 1사단 본부로 이동해 정엽을 만나서 이야기했다.

목소리에 다급함이 있었다.

"아라사군의 포병대요. 어떤 야포인지 알아보겠소?"

"알아보기 보다는 첩보가 있습니다. 아라사군은 76밀리미터 구경의 M1900으로 무장하고 있습니다. 사정거리는 천둥 일식과 비슷할 겁니다."

"그러면 지금 빨리 아군 포병 부대를 전진시켜야 하지 않겠소? 아군 포병부대는 방어 지원을 위해 후방에 위치해 있는데, 놈들의 야포가 우리 방어선을 두들기면 적 포병대와 적진을 우리 포병대가 공격할 수 없소. 오직 돌격해오는 적군에게만 포격할 수 있을 거요. 속히 포병대를 전진시켜야 하오."

다급한 채악과 다르게 정엽은 여유 있는 모습을 보였다.

"전진 배치하지 않아도 됩니다."

"어째서 말이오?"

"전진 배치하지 않고도 적 부대를 공격할 수 있으니 말입니다. 지켜보시기 바랍니다."

"……?"

정엽의 말이 이해가 되지 않았다.

어떻게 포대를 전진시키지 않고 적을 공격할 수 있는지

감히 상상이 안 되었다.

그런 채악의 반응을 즐기면서 정엽이 사령부 통신 참모에게 지시를 전했다.

"적이 포병부대로 아군 진지를 공격하려고 하니, 먼저 우리가 적을 포격한다. 1사단에서 포격하면 2사단과 3사단도 따라 포격한다."

"알겠습니다. 사령관님."

이어 김동삼에게 지시를 내렸다.

"적 포병 부대의 위치를 관측하고 제거하라. 적진을 공격해서 함부로 아군 진지를 노리지 못하도록 만들어야 한다."

"예! 사령관님!"

포병 연대장에게 즉시 명령을 내렸다.

그리고 포병 연대장은 해병 연대를 지원하는 각 포병 대대에 포격 명령을 내렸다.

조선에 건전지가 개발되었고 건전지에서 나오는 전기로 새로 개발된 군용 전화기를 작동 시켰다.

강화플라스틱과 금속으로 만들어진 군용 전화기는 손잡이를 돌리는 것만으로 야전선으로 연결 된 모든 전화기에 벨소리를 울리게 할 수 있었다.

그리고 수화기는 듣는 것과 말하는 것이 일체형으로 되어 있었다.

포병대대장이 직접 전화수화기를 들고 명령을 받았다.

그리고 포격 준비를 지시했다.

포병대대 예하에 3개 포대가 있었고 포대에 속한 관측소대들이 전방의 해병 중대에 흩어져서 해병 중대와의 중계를 이루고 있었다.

적 포병대의 위치를 확인한 뒤 조선에서 개발된 최신 무전기로 좌표를 알려줬다.

포대 통신반에서 큰 무전기를 통한 교신이 이뤄지고 있었다.

무전병이 수화기를 들고 필기구를 들었다.

—1포대. 1포대. 여기는 2소대 이상.

"당소 1포대. 송신."

—적 포병대대 좌표 통보하겠음. 라 줄, 바 열, 세로 하나 칠, 가로 공 팔.

"라 줄, 바 열, 세로 하나 칠, 가로 공 팔, 좌표 확인."

—초탄 사격 요청.

"초탄 사격 수신. 대기."

수화기를 내린 무전병이 전포대장에게 크게 외쳤다.

계산병이 할당된 좌표로 포 각을 계산했고 산출 된 포 각이 각 포반에 전해지면서 포반장들이 포격을 준비시켰다.

조선군 포병 대대가 바쁘게 움직이는 모습을 호국군이 바라보고 있었다.

준비 된 포탄이 장전되는 것을 보면서 호국군 장병들이 술렁였다.

막 러시아군이 도착해 포격을 준비 중이라는 소식을 들

은 상태였다.

그들이 사정거리 밖에 있다는 것을 알고 있었다.

"설마 지금 고려군이 포격 준비를 하는 거야?"

"아라사군은 사정거리 밖에 있을 텐데……?"

조선군의 행동이 이해되지 않았다.

그러나 그들의 화포와 자신들이 공여 받은 화포가 다르다는 것을 알았다.

조선군의 화포는 '천둥 이식'이었다.

"아무래도 조선의 신형 화포가 사정거리가 긴가봐!"

"포탄이 닿지 않는다면 저렇게 쏠 준비를 할 이유도 없어!"

천둥 일식과 전혀 다른 화포로 무장한 사실을 알고 있었다.

그런 조선군을 보면서 몇몇 호국군 병사들이 기대감을 나타냈다.

포격 준비를 하는 데에는 반드시 이유가 있었다.

조선군을 믿고 그 결과를 기다렸다.

3포가 기준포였고 초탄을 쏘기 위해 붉은 수기를 들고 3포반장이 뒤로 나왔다.

그리고 수기를 높이 들면서 포대장의 명령을 기다렸다.

이내 포대장이 적기를 들고 내리면서 크게 외쳤다.

"쏴!"

뻥!

고오오~

포성과 함께 포탄이 날아가는 소리가 들렸다.

몇 초 뒤 멀리서 폭음이 메아리처럼 울려 퍼졌고 포대 무전기에서 관측 소대의 보고가 전해졌다.

—직격 확인! 포대 효력사 요청!

"확인. 전포대장님! 포대 효력사입니다!"

정확하게 초탄이 떨어지면서 굳이 수정탄을 쏠 필요가 없었다.

무전병이 크게 외쳤고 포대장을 보좌하는 전포대장이 지시를 내렸다.

이미 계산병들이 각도를 계산해뒀기에 나머지 포반에게 동일한 각도로 사격 제원이 할당됐다.

그리고 6명의 포반장이 6문의 화포 뒤로 나와서 적기를 들었다.

다시 포대장이 적기를 들었고 힘껏 내리면서 크게 외쳤다.

"쏴!"

직후 불벼락을 일으키는 크나큰 포성이 울려 퍼졌다.

6발의 포탄이 천둥 이식에서 발포됐고, 하늘을 가르는 포탄은 러시아 포병대의 머리 위로 정확하게 떨어졌다.

폭발이 일어나면서 러시아군의 비명 소리가 울려 퍼졌다.

콰콰쾅!

"크아악!"

"적 포격이다!"

콰쾅!

"으악!"

포대 방렬이 미처 끝나기도 전이었다.

한 발의 포탄이 날아오고 우왕좌왕 하는 사이에 여러 발의 포탄이 러시아군의 포병대로 날아들었다.

그리고 그것은 한 포병부대에게만 날아들지 않았다.

진지를 구축한 호국군과 조선군 진지 뒤에서 여러개의 포성이 일어났고 여러 곳에서 포연이 일어났다.

러시아군의 모든 포병 부대로 조선군의 포탄이 날아들었다.

쾅! 콰쾅!

"흐아악!"

콰콰쾅!

"피해라! 어서 피해!"

"우왓!"

콰콰쾅!

러시아군이 포격 받고 있다는 사실이 믿어지지 않았다.

원세개의 장병들이 그것을 지켜보고 있었다.

"저길 봐……."

"아라사군이 공격을 받고 있어……."

쿠로팟킨이 포격 받고 있는 포병부대를 보고 있었다.

떨리는 눈동자로 믿어지지 않는 현실을 목도했다. 참모들이 쿠로팟킨에게 다급히 외쳤다.

"적 포병대의 포격입니다!"

"고려군이?! 아니면 반군인가?!"

"모…모르겠습니다! 하지만 적진지 부근에 포병 부대가 보이지 않습니다! 후방에서 포성과 포연이 일어나고 있습니다!"

"바보 같은! 8000미터가 아니라 10000미터 너머에서 포격하고 있다고?! 반군과 고려군에게 그런 야포가 있을 리가…!"

순간 조선군의 신형 화포가 머릿속에서 떠올랐다.

"천둥! 프랑스로부터 제제 받았던 첫 번째 천둥 이후로 놈들이 개발 배치한 신형 천둥이다! 10000미터 거리를 포격한다면 그것밖에 없어!"

조선에서 나름 확보된 첩보가 있었다.

그것은 조선에서 마음대로 생산한 프랑스의 야포 대신 새로운 야포를 개발하고 전군에 배치했다는 첩보였다.

그 야포를 그동안 무시해왔다.

사정거리에 대한 정보가 밝혀지지 않았지만 최대로 잡아도 8000미터 정도일 것이라고 열강 제국들은 판단했다. 그리고 그 판단은 완전히 오판이 되었다.

두 번째 천둥의 위력을 보고 쿠로팟킨이 노성을 일으켰다.

그가 러시아 제국군의 정보원들을 비난했다.

"바보 같은 놈들!"

선제 포격으로 러시아군의 포병 부대가 무력화됐다.

아직 피해를 입지 않은 부대도 있었지만 전진 배치를 포기하고 급히 후방으로 대피하기 시작했다.

그 모습을 보고 박정엽이 명령을 내렸다.

"적 본대도 뒤로 물려야겠어. 포병대가 제거되었으면 보병을 향해서 포격하라고 명을 전하게."

"알겠습니다. 사령관님."

포 각이 미세하게 조정됐다. 그리고 조선군의 사냥감은 이내 러시아 보병 부대로 바뀌었다.

3개 해병 사단의 천둥 이식이 불을 뿜을 준비를 했다.

"전포대 사격 준비! 쏴!"

뻐버벙!

모든 포대와 포반의 일제 사격이 이뤄졌다.

남쪽에서 포성이 크게 일어났고 이번에는 러시아군과 원세개군 보병 부대 머리 위로 포탄이 떨어졌다.

폭발이 일어나면서 비명 소리가 크게 일어났다.

"으악!"

"우리에게도 포탄이!"

"도망쳐!"

콰콰쾅!

"크아악!"

일선 지휘관들이 명령을 내렸다.

"후퇴! 후퇴! 퇴각하라!"

"와아악!"

자리를 지키던 장병들이 북쪽을 향해 도망치기 시작했다.

원세개군만 아니라 러시아 장병들도 싸움을 포기하고 후

방으로 내달렸다.

본대 주위에서도 폭발이 일어났다.

"후퇴 명령을 전하라! 적의 포격에서 빨리 벗어나야 한다! 어서!"

퇴각 명령이 떨어지자 장병들의 도망치는 속도도 더욱 빨라졌다.

일어나는 불꽃을 보며 쿠로팟킨이 이를 갈았으나 이대로 공격 준비를 벌일 수 없었기에 재빨리 전군을 후방으로 후퇴시켰다.

그리고 원세개의 북양군도 북쪽으로 후퇴했다.

그것을 보고 조선군과 호국군이 일제히 환호했다.

"이겼다!"

"놈들이 후퇴했어!"

"교통호를 왜 팠는지 몰라!"

"크하하하!"

함성이 일어나면서 승리의 기쁨을 만끽했다.

그리고 총알 한 발 쏘지 않고 이겼다는 사실에 채악과 호국군 지휘관들이 더 큰 기쁨을 누렸다.

천둥 이식의 위력을 여실히 실감했다.

"정말 대단하오! 조선이 예로부터 우수한 화포를 만드는 나라였지만 오늘만큼 위대하다는 것을 알긴 힘들 것이오! 저렇게나 멀리 쏘다니, 최대사정거리가 대체 얼마나 되는 것이오?"

"11000미터 가량입니다."

"11킬로미터나 되는 거요?"

"그렇습니다."

"어쩐지, 그래서 후방에서 그렇게나 멀리 포탄을 쏠 수 있었던 게로군! 참으로 대단하오! 이제 아라사의 참전을 걱정하지 않아도 되겠소! 크하하하하!"

채악의 웃음소리를 듣고 박정엽도 함께 웃음 지어보였다.

하지만 이내 그 미소가 사라졌다.

그는 러시아가 가진 진짜 전력을 알고 있었고 경계를 아직 풀어서는 안 된다고 생각했다.

물론 승리를 확신 못하는 것은 아니었다.

다만 러시아가 전력을 다해서 원세개를 도울 것이라고 생각했다.

공격선에서 5km 후방으로 러시아군이 퇴각했다.

예상 못한 일격에 러시아 장병들은 침울한 모습으로 새로운 진지를 지켰다.

그리고 원세개군의 사기가 바닥에 떨어졌다.

"이대로 우리가 지는 것은 아니겠지……?"

패전으로 끝나면 자신들이 부르는 반군에게 어떤 험한 꼴을 당하게 될지 상상하면서 근심했다.

그리고 쿠로팟킨은 자존심에 상처를 입었다.

러시아군의 포병 부대가 무력화되면서 30만 대군 전체의 전투력과 사기가 깎여 나갔다.

새로 지어진 지휘막사 안에서 주먹으로 책상을 내려치게

됐다.

"그런 야포를 놈들이 보유하고 있었다니!"

참모가 쿠로팟킨에게 조언했다.

"지원요청 하셔야 됩니다. 이대로 적과 싸우면 막대한 피해를 입게 될 겁니다. 고려가 반군에게 무기 지원도 했을 겁니다."

그 말에 고개를 끄덕이면서 동의했다. 이내 지원을 요청하기로 했다.

정확히는 러시아군의 가장 강한 야포의 지원이었다.

"76밀리미터 구경의 야포로는 적을 상대할 수 없겠어! 14킬로미터에 이르는 사정거리로 적을 포격할 수 있는 6인치 야포의 지원을 받아야 해! 그때까지 적과의 교전은 기피한다!"

"예! 사령관님!"

그와 함께 조선군이 극동군을 공격한 사실을 북경의 공사에게 전했다.

북경의 러시아 공사가 삼국을 통해서 조선에게 항의를 전했고 조선 조정에서는 원세개군을 상대한 적은 있어도 고의로 러시아군을 공격한 적은 없다고 시치미를 뗐다.

그 답변에 러시아 공사가 더욱 분노했다.

즉시 본국으로 보고를 전했고 조선군과 러시아군이 교전한 사실을 알렸다.

러시아 차르가 보고를 받고 크게 분노를 드러냈다.

동아시아 대전

니콜라이 2세에게 동방의 전황이 보고됐다.

"뭐라고 했나? 고려가 짐의 군사들을 어떻게 했다고……?"

"포격으로 피해를 입혀서……."

"극동군 사령관은? 그자는 무엇을 했기에 얻어맞기만 했단 말인가?"

"……."

"어서 말해 보게!"

총리인 고레미킨의 보고에 차르 니콜라이 2세가 대노하면서 물었다.

그리고 고레미킨이 대답했다.

"적의 야포 사정거리가 극동군이 보유한 야포 사정거리 보다 길었다 합니다. 때문에 무리해서 장병들의 피해를 일으키지 않고 군이 보유하고 있는 야포 중 가장 사정거리가 긴 6인치 야포의 지원을 요청했습니다. 전방의 야포를 빼는 것이기에 폐하의 결정이 필요합니다."

총리의 대답을 듣고 니콜라이 2세가 다시 물었다.

"사정거리가 고려 것이 더 길다니? 그게 어떻게 된 일인가?"

다시 고레미킨이 대답했다.

"그동안 고려가 새로 개발한 야포가 있었는데 이번에 사정거리가 공개되었습니다. 최소한 10킬로미터 이상으로 확인되었고 극동군이 보유했던 야포는 9킬로미터 미만이었습니다."

"그걸 미리 알지 못했던가?"

"프랑스와 영국도 몰랐던 사실입니다. 극동군 사령관의 실수라기보단, 어느 부대와 지휘관이 있었어도 똑같은 기습을 받았을 겁니다. 그래도 병력 피해가 크지 않아 얼마든지 이길 수 있습니다. 중요한 것은 고려군이 폐하의 군대를 공격했다는 사실입니다. 마땅한 조치가 있어야 합니다."

첫 전투에서 러시아군이 어째서 패했는지 알게 됐다.

보고를 들은 니콜라이 2세는 미간을 잔뜩 좁히면서 언짢은 표정을 지었다. 그리고 러시아군을 공격한 조선군에 대한 조치를 내렸다.

"놈들이 공격한 것을 인정하면서도 고의라고는 안 했으니, 우선 반군지원을 중단하라고 요구하고, 러시아군을 공격한 것에 대한 사과 표명과 보상을 요구하라. 그리고 짐의 군사들을 공격하라고 명령을 내린 지휘관의 신병을 넘기라고 전하라. 48시간 이내에 답변이 있어야 할 것이다. 짐이 포고를 내리기 전까지 급하지 않은 전선에서 6인치 야포를 운용하는 부대를 차출해 극동군을 지원하라."

"알겠습니다. 폐하."

니콜라이 2세의 명이 고레미킨에게 떨어졌다.

오스트리아―헝가리 제국 방면에서 유리한 전황을 보이는 일부 포병 부대가 차출되었고 이내 열차를 통해 동쪽으로 수송되기 시작했다. 그리고 상트페테르부르크 내 조선 공사관으로 러시아 정부의 요구 사항이 들어왔다.

공사관이 접수한 러시아의 요구는 이내 전신을 통해서 한양으로 전해졌다. 그 대답은 예상대로였다.

니콜라이 2세가 고레미킨으로부터 답변을 전해 받았다.

"거부한다고 합니다. 반군이 아니라 중국의 정통성을 가진 정규군이라고 합니다. 원세개야말로 공화국인 중국에서 황제를 칭하고 반란을 일으킨 자라고 합니다. 고려의 국익을 지키기 위해서 반군을 앞으로도 계속 지원하겠다고 합니다. 우리 군도 알고서 고려군을 공격하려 했기에, 불상사로 일어난 교전이라서 사과할 수 없다고 합니다. 그래서 지휘관의 신병도 넘길 수 없다 합니다. 우리에게 정의를 위해서 원세개에 대한 지원을 중단하라고 요구했습니다.”

“괘씸한 놈들!”

“고려가 전쟁을 각오한 듯합니다.”

삼국 공사관을 통해 들어온 정보가 있었다.

조선 육군이 만주 방면으로 집결하고 있었다.

그 소식까지 듣고 니콜라이 2세가 주먹을 불끈 쥐었다.

그리고 책상을 한번 내려치고 고레미킨에게 말했다.

“놈들이 전쟁을 원한다면 당연히 그리 해줘야지! 지금 당장 고려에 선전포고를 하게!”

“예! 폐하!”

“미개한 동양 원숭이 놈들이 감히……!”

몇 번을 주먹으로 책상을 내리쳐도 분이 안 풀렸다.

조선에 선전포고를 하고 그 땅을 모두 불태워야 속이 풀릴 것 같았다. 니콜라이 2세의 명으로 러시아 외무부에서 선전포고문을 준비했다.

그리고 며칠 지나지 않아 러시아 신문 기자들이 모여 있는 회견실에서 고레미킨이 직접 선전포고문을 읽었다.

러시아군을 공격한 조선에 대한 심판의 뜻을 밝혔다.

“합당한 절차로 군주제를 이룬 중국 정부를 보호하고 동방의 질서를 지키기 위해 이기적인 국익을 취하려고 하는 고려를 심판하고자 하오. 또한 대러시아 제국의 장병들이 고려군의 기습으로 희생당했으니, 우리 정부는 이를 절대 묵과할 수 없고 차르 폐하께서도 고려 정부와 군주에게 반드시 책임을 물을 것이라고 하셨소. 따라서 현 시각부로 고려에게 전쟁을 선포하는 바요!"

카메라 플래시가 번쩍였고 기자들이 고레미킨에게 질문을 했다. 그리고 고레미킨은 그저 통보만 한 채 말없이 회견장에서 돌아섰다.

* * *

전 세계에 조선에 대한 러시아의 선전포고가 이뤄졌다.

영국 런던에서 호외가 뿌려지기 시작했다.

"호외요! 호외! 러시아가 고려를 상대로 선전포고했어요! 호외요! 호외!"

사람들이 몰려서 아이들이 품에 안고 있던 호외 신문을 구입했다.

중절모를 쓴 영국 신사들이 잠시 지팡이를 옆에다 세워두고 양손으로 신문을 펼쳐서 러시아의 선전포고 소식을 확인했다. 그리고 중국에서 있었던 불행 같은 교전 사실을 확인했다.

한 중년 남자가 신문을 읽다가 옆의 친구에게 물었다.

"이러면 고려가 독일 편에 서는 걸까?"

"그야 모르지. 하지만 우리와 동맹국임에도 도와주지 않겠다는 것을 보면 독일 편에 설 수도 있을 것 같아."

"놈들이 적이 되면 배라리 같은 것은 어떻게 되는 거지?"

"그야 회사에 불을 질러야지. 적국의 회사인데 어떻게

가만히 두겠어? 고려가 독일 편에 선다면 나는 절대 가만히 있지 않을 거야. 암!"

러시아의 선전포고로 조선이 협상동맹의 적국이 될 수 있었다. 그에 관한 이야기를 사람들이 이야기할 때 다시 호외가 뿌려졌다.

"호외요! 이번에는 고려가 러시아를 상대로 선전포고했어요! 곧 동원령이 선포될 거라고 해요!"

다시 신문을 사람들이 샀다. 그리고 신문 안에 쓰여 있는 조선의 선전포고문을 확인했다.

이희가 직접 조선 백성과 세계인들에게 전하는 말이 영어로 번역되어 있었다.

사람들의 시선이 고정되어 있었다.

고려 국민들에게, 그리고 세계인들에게 선포한다.

세상이 탐욕에 지배되어 전쟁의 참화가 일어나게 되었고 고려의 군주인 짐은 고려를 참화에 빠트리지 않기 위해 정부 장관들과 그동안 각고의 노력을 기울였다.

그리고 정의를 바로 세우기 위해 이웃 나라에 모범을 보였다.

그 정의는 공정과 자유, 질서, 민족과 민권, 민생을 위한 것이다. 그리고 양보와 배려로 화평이 세상에 스며들게 만들고자 했다.

그러나 그것을 더 이상 지킬 수 없으니 짐은 전화를 일으키는 근원을 친히 벌하고자 한다.

정의롭게 세워진 중화민국의 체제를 무너뜨리고 세상의 모든 민족을 발아래에 두고 통치하려고 하는 원세개를 심판할 것이며, 그 자를 도와 국익을 취하고 동양을 집어 삼키려고 하는 러시아 제국에 맞설 것이다.

반드시 싸워 이겨서 동양의 질서를 지키고 정의롭고 숭고한 가치들을 지켜서 만대 후대에 이를 물려 줄 것이다.

짐은 고려에 선전포고한 러시아를 절대 용서하지 않을 것이다.

조선의 사정과 어째서 동양에서 전쟁이 일어났는지 대략적인 사정을 알게 됐다. 핵심은 러시아가 조선의 체제를 위협하는 무리를 지원한 것에 있었다.

그 사실을 영국 국민들이 알았다.

"나름의 이유는 있는 셈이군."

"그러면 뭐해. 러시아랑 싸우면 우리에게도 맞서는 거잖아."

"그건 아닌 것 같아."

"어째서?"

"여기에 쓰여 있잖아. 러시아와 전쟁을 치르지만 우리와 프랑스에겐 대적하지 않는다고 말이야. 독일을 군대로 지원하지 않을 것이라고 쓰여 있어. 고려는 오직 러시아만 상대하려나 봐."

남의 일이 되자 사람들에게 최대 관심사가 생겼다.

"둘 중 어느 나라가 이길까?"

평민들의 생각이 곧 귀족들의 생각이었다.

영국 왕실과 정부에게도 두 나라의 선전포고 소식이 전해지게 됐다.

호외 신문을 읽고 영국 국왕이 흥미진진한 미소를 지었다.

에드워드 7세에 이어서 '조지 5세'가 1911년부터 군주로 즉위해 있었다.

그가 총리에게 물었다.

"애스퀴스 총리. 두 나라 중 어느 나라가 이길 것이라고 보는가?"

1908년부터 총리로서 정무를 살피고 있던 영국 총리인 '허버트 헨리 애스퀴스' 백작이 조지 5세의 물음에 생각을 밝혔다. 그의 생각은 전통을 따르는 판단이었다.

"치열하겠지만 러시아가 이길 것입니다."

"고려가 많이 발전했는데도 말인가?"

"예. 폐하."

"고려의 총 전력이 어찌되는가?"

"그동안 수집한 정보를 토대로 판단되는 고려군의 전력은 해군은 일본과 전쟁을 치를 때와 비슷하고 새로 공군이라는 조직이 편제에 포함되었습니다. 하지만 크게 도움이 못 될 겁니다. 중요한 것은 육군이며 고려와 러시아가 대결을 벌일 땐 육군의 승패가 전쟁의 승패를 가를 겁니다. 고려 정규 육군의 병력은 약 50만명입니다."

"그 50만명이 잘 무장되어 있는가?"

"최근 첩보를 통해 일본과 전쟁을 치를 때의 무기를 중국 반군에게 공여했다는 정보가 들어왔습니다. 그것을 통해 판단한다면 고려의 모든 군사가 소총과 기관총, 야포 등으로 무장해 있을 겁니다. 야포의 사정거리도 10킬로미터 이상인 것으로 확인되었습니다."

"동원군까지 포함한다면 만만치가 않겠군."

"동원 병력은 약 200만명가량으로 예상합니다. 쉽지 않겠지만 그래도 러시아의 승리를 장담합니다. 러시아는 1000만 대군을 보유하고 있습니다."

전통의 육군 강국과 신흥 강국의 대결이었다.

누가 보더라도 그것은 흥미로운 대결일 수밖에 없었다.

조지 5세가 애스퀴스에게 자신의 뜻을 전했다.

"짐의 대영제국에 맞서지 않는 이상 고려에 선전포고하지 않는 방향으로 가라. 그리고 여전히 동맹 관계를 유지하고 있는가?"

"예. 폐하."

"아마 고려도 우리와의 동맹 관계까지 수포로 돌리려 하지 않을 것이다. 정부 장관들과 협의해 일을 잘 처리하라."

"알겠습니다."

조지 5세의 지시를 애스퀴스가 따랐다.

이내 조선으로 영국 정부의 입장을 전하고 세상에 공표하면서 동아시아에서 일어나는 전쟁에 관여하지 않겠다는 뜻을 밝혔다. 때문에 양국이 동맹 관계이면서도 중립을 이루는 이상한 형태를 보이게 됐다.

영국의 공표 덕분에 프랑스 또한 조선과 러시아의 전쟁에 관여하지 않겠다는 뜻을 밝혔다.

귀족을 중심으로 한 유럽의 도박가들 사이에서 두 나라 전쟁이 화두가 됐다.

"어디가 이길까?"

"어디긴. 러시아지."

"고려도 전력을 많이 높였어. 그런데도 쉽게 지겠어?"

"쉽게 지지야 않지. 하지만 일본과 러시아는 완전히 달라. 러시아와의 전쟁은 육군끼리의 전쟁인데 무엇보다 병력의 수가 크게 영향을 받아. 고려에 획기적인 무기가 존재하지 않는 이상 러시아를 상대로 이기기가 힘들 거야."

거의 모든 도박사들이 러시아의 승리를 점쳤다.

하지만 일부 도박사들은 조선의 승리를 점쳤다.

세상이 쉽게 보유하지 못한 무기가 조선에게 있었다.

"나는 고려의 승리에 돈을 걸지."

"무리수를 두는군."

"무리수일지 아닌지는 결과가 나와 보면 알겠지. 하지만 중요한 것은 고려가 동양 최대의 공업국이라는 거야. 비록 라이트 형제가 비행기를 개발했지만 고려는 그 생산권과 소유권을 가지고 있어. 어쩌면 이번 전쟁에서 비행기가 위력을 발휘할 지도 몰라."

하늘을 지배하는 것이 어떤 의미를 가졌는지 사람들이 몰랐다.

한 도박사의 주장에 다른 도박사들이 콧방귀를 뀌었다.

"비행기는 정찰용이기 때문에 막상 전투가 벌어지면 승패에 크게 영향을 끼치지 못해. 30년 뒤면 모르겠지만 적어도 지금은 아니야. 자네 선택은 정말 바보 같은 선택이 될 거야."

조선의 승리에 돈을 거는 도박사를 바보 취급했다.

그리고 조선의 승리를 확신하는 도박사는 하루 빨리 승패가 결착 지어져서 조선이 자신에게 큰돈을 안겨주기를 바랐다.

*　*　*

협길당에서 이희가 앉은 책상 위에 문서가 놓여 있었다. 그 문서는 조선의 백성, 예비군에게 동원을 명령하는 문서였다. 문서 위로 이희가 수결을 써넣었다.

"이걸로 전역한지 2년이 못 된 백성이 군인으로 돌아가겠군."

"예. 폐하."

"백성들이 이에 동의하길 바란다."

"이미 군으로 돌아가 나라와 폐하를 지키길 원하고 있습니다. 아라사의 총구가 식구에게 겨눠진 상태인데 분노하지 않는 백성이 없습니다. 심려 놓으시옵소서."

백성을 전쟁터로 내모는 것 같아 불편한 마음을 드러내는 이희를 김인석이 안심시켰다.

그 말에 크게 숨을 쉬면서 호흡을 골랐다.

이희가 엄중한 목소리로 동원령을 선포했다.

"동원 된 군사로 영토를 수호하고 침략해 오는 적을 분쇄하라. 정예 부대로 적지를 초토화 낼 것이다."

"황명을 받들겠습니다! 폐하!"

이희의 명으로 전역한지 2년밖에 안 되는 사병 예비역들이 속속들이 군에 복귀하기 시작했다.

그리고 특별한 예비역인 장교와 부사관들도 군으로 돌아오면서 병장 계급으로 된 사병들을 통솔할 준비를 했다.

소총을 지급 받으면서 장병들이 환하게 웃었다.

"옛 기억이 새록새록 떠오르는구먼."

"설마하니 내가 이 총을 다시 들게 될 줄은 몰랐어."

"아라사 놈들이 개 같은 거지. 놈들만 아니었다면 집에서 토끼 같은 애들과 여우 같은 마나님과 오순도순 살았을 텐데 걸리기만 해봐. 내 손에 죽을 테니까. 예비군이라고 국토 방어만 할 게 아니라 진격했으면 좋겠어."

"나도 마찬가지야."

적에 대한 응징을 자신들의 손으로 이루기를 원했다.

돌아온 장병들의 사기가 대단히 높았다.

그들을 지휘하게 되는 최고 사령관이 만족감을 나타냈다. 조선 육군 중 군 사령부는 3개 사령부가 편제되어 있었고 그중 2개 군은 실질적인 진공을 맡는 야전군이었다. 그리고 1개 군은 예비군 사령부였다.

두 번째 군 사령부인 2군이 예비군을 위해 창설됐다.

그리고 2군을 평시에 황실에서 지휘하고 있었다.

전시가 되자 황실을 대표하는 이가 사령관 직책을 맡았다.

그가 한양에서 소집된 예비군 앞에서 모습을 드러내자 소총을 쥔 예비군들이 놀라서 몇 초 동안 아무 생각조차 하지 못했다.

그리고 떨리는 목소리로 물었다.

"저…전하……?"

"불렀는가?"

"전하께서도 참전하십니까?"

태자 이척이 2군 사령관에 취임했다.

그의 어깨에 별 다섯개가 깊게 새겨져 있었다.

이척이 미소 띤 얼굴로 예비군들에게 말했다.

"자네들이 나라와 백성을 위해서 다시 싸우겠다 이리 모였는데 나라고 가만히 궁궐만을 지킬 수 있겠는가? 나 또한 예비군이고, 장군으로 전역한 만큼 전시에 지휘관으로 돌아온 것일세. 자네들과 함께 싸울 수 있어서 영광일세."

"저희들이야말로 영광입니다! 함께 싸워주셔서 감사합니다! 전하!"

예비군 장병들이 함성을 일으켰다.

"전하께서 우리와 함께 하신다!"

"대조선제국 만세! 대조선제국 태자 전하 천세!"

"와아아아아~!"

감격하면서 예비군의 사기가 폭발했다.

이척이 장병들과 악수하면서 관등성명을 받았고 그와 손을 잡은 장병들은 하나같이 감동의 눈물을 흘리면서 목숨을 바칠 것이라고 말했다.

그리고 이척은 그들에게 가족을 위해서 싸우라 명했다.

함께 결의를 다지면서 위대한 승리를 이룰 것이라고 말이다. 그때 이척에게 익숙한 목소리가 들렸다.

"전하!"

"음?"

예비군 소집소 입구에서 누군가가 크게 외쳤다.

그는 전투복이 아닌 오래된 정복을 입고 있었다.

색은 같았지만 모양에서 조금 다른 정복이었다.

이척은 그의 얼굴을 알아보고 그와 함께 온 자들의 얼굴 역시 알아봤다.

"자네들!"

이척이 먼저 손을 들면서 거수경례했다.

그리고 앞에 서 있는 자가 이희의 경계를 받아줬다.

그의 가슴에 태극명예훈장이 달려 있었다.

"전하."

"춘삼이! 이곳에 어쩐 일인가?!"

"나라가 위기에 빠지지 않았습니까? 때문에 군에 복귀하고 싶어서 이렇게 찾아왔습니다. 어찌 하셔서 저희들을 군에 부르시지 않으셨습니까?"

만으로는 아니었지만 이미 50세에 이르렀다.

백발이 채워지고 있는 춘삼이 이척 앞에 있었다.

그와 철호를 비롯해서 예전에 해병대에 속했을 때의 전우들이 와서 감동을 선사했다.

이척의 코가 조금 시큼해졌다.

기침을 하면서 속에서 차오르는 감정을 진정시켰다.

그렇게 하지 않으면 금세 눈물을 흘릴 것 같았다.

옛 전우들에게 예비군으로 소집되지 못한 이유에 대해서 설명했다.

"자네들은 나이가 너무 많네."

"전하께서도 연세가 많으시잖습니까? 전하께서 군에 복귀하셨는데 저희라고 못할 게 무에 있습니까? 이등병으로 참전해도 좋습니다. 참전을 허락해 주십시오."

"……."

"전하."

춘삼이 이척에게 애원했다. 그리고 그들의 진심에 결국 이척이 눈물을 보였다. 소매로 눈물을 닦으면서 그들을 군에 복귀시킬 수 없음을 알려줬다.

"내가 군에 복귀할 수 있었던 이유는 장군이기 때문일세. 사병이 전역하면 6년 동안 예비역을 유지하고 민방위 신분이 되네. 그리고 장수는 예비역 15년 동안 예비역으로 있어야 하네. 내가 장수로 돌아온 것은 온전히 국법과 군법을 따른 것이니, 자네들도 나랏법을 따르도록 하게."

"하오나, 전하."

"대신 다른 방법으로 나라를 위해서 싸울 수 있도록 폐하께 청하겠네."

"어떻게… 말씀입니까?"

"전국을 돌며 자네들의 경험을 백성들에게 전하고, 나라와 백성, 정의를 위해서 싸우는 일이 얼마나 숭고한 일인지, 얼마나 위대한 일인지를 알려주게. 그것은 오직 지난 전쟁에 참전했던 자네들만이 할 수 있는 일일세."

"전하……."

"부디 힘 써주게."

이척이 춘삼과 철호를 비롯한 옛 전우들에게 부탁했다.

부탁을 받은 전우들은 아쉬운 마음을 뒤로하고 이척의 청을 받아들였다.

"그렇게 하겠습니다."

이척이 고마움을 나타냈다.

"참으로 고맙네. 자네들의 의기는 만대 후손들에게 귀감이 될 것이네."

손을 잡고 어루만지면서 감사를 나타내자 옛 전우들은 마땅히 해야 할 일이라고 말했다.

그리고 소집소에서 나간 이척이 조정으로 사람을 보내 그들을 통한 백성들의 사기 진작을 유도해 달라고 요청했다. 군부대신인 유성혁이 이희에게 보고하고 윤허를 받았다. 그리고 동원된 예비군이 조선의 본토를 지키기 시작했다.

예비군에게 영토를 맡기고 정규군은 적지를 향해 거침없이 진격했다.

만주 북동쪽에 흑룡강이라 불리는 강이 있었다.

강 너머의 땅은 청나라가 있던 시절 러시아가 강탈해간 땅이었다.

그리고 청나라의 만주족은 고구려의 후예였기에 고려의 유지를 이은 조선의 땅이어야 했다.

그 땅을 조선군 3군 사령관이 망원경으로 살피고 있었다.

사령관의 이름은 '이강년'으로 계급은 대장이었다.

일본과 전쟁을 치를 때 3군단장으로 조선을 철통같이 지켰던 인물이었다. 일정 간격으로 흑룡강 너머에 있는 러시아군 진지로 포격을 지시했다.

"적진을 불태우고 흑룡강을 도하한다! 화포로 놈들의 주둔지를 포격하라!"

"예! 사령관님!"

나라를 잃었다면 그전에 의병을 지휘하다가 친일파에게 체포되어 순국해야 할 인물이었다.

그러나 그의 운명이 바뀌면서 조선의 1개 군을 통솔하고 있었다.

휘하에 2군단과 5군단, 6군단을 두고 있었고 각 군단은 6만 명 내외의 병력을 보유하고 있었다.

특히 군단에는 포병여단이라 불리는 포병 부대가 직할 부대로서 지휘를 받고 있었다.

그 부대에 천둥 이식보다 더 강한 화포가 배치되어 있었다.

각국은 거포를 우선시하며 사정거리에 나라의 명운을 걸

고 있었고 조선군도 마땅히 대세를 따르며 다른 나라보다 먼저 한 발 더 앞서 나가 있었다.

해병대는 상륙전을 벌여야 했기에 사람으로 끌 수 있는 화포로만 무장하고 있었다. 그러나 육군은 달랐다. 남강차에서 납품한 '흑곰'으로 화포를 끌 수 있었다.

105mm 구경보다 더 큰 포구가 흑룡강 너머 하늘을 향해서 조준하고 있었다. 155mm 구경의, 사거리만도 23km에 이르는 천둥 삼식이 불을 뿜었다.

포성이 일어남과 동시에 하늘에서 굉음이 울려 퍼졌다.

출동 준비를 하던 러시아군 장병들이 하늘을 올려다봤다.

"이게 무슨 소리야……?"

"포격이다! 조선군이 포격한다! 어서 피해!"

"와아앗!"

콰콰쾅!

육중한 포탄이 작은 산 하나를 불바다로 만들었다.

그 안에 러시아군 진지가 있었고, 그러한 진지가 500km나 되는 거리로 강을 따라 구축되어 있었다.

그리고 모조리 불태워졌다.

새벽을 깨우는 포격으로 하늘이 까맣게 물들었다.

3군 사령관이 전군에 도하를 명령했다.

"바다가 보일 때까지 북동진 한다! 적으로부터 연해주를 끊어내라!"

"예! 사령관님!"

일선 장교와 병사들이 일제히 돌격했다.

"대조선국 만세!"

"고토를 되찾아라!"

고구려 이후에 발해가 있었다.

그리고 연해주는 고구려와 발해의 신성한 영토였다.

그 땅을 되찾기 위해 3군 20만 대군이 파도를 일으키면서 진격했다.

*　*　*

동쪽에서 함성이 크게 일어나는 동안 먼 서쪽 땅에서도 러시아를 겨누는 총성이 일어났다.

그 총성은 억압에 대한 저항을 상징하는 총성이었다.

원세개가 중화제국을 선포하면서 이전에 독립을 약속받았던 민족들이 들고 일어났다.

그중 한 민족이 조선군이 넘겨준 무기로 무장했다.

말을 타고 북쪽 대지를 향해서 전력을 다해 달렸다.

"우리의 독립을 지지하는 조선을 돕고! 우리의 자유를 없앤 원세개와 그를 돕는 모든 족속과 나라를 공격한다! 온 힘을 다해서 달려라! 놈들의 보급로를 차단한다! 그것으로 우리의 독립을 쟁취할 것이다!"

"예! 추장!"

미리 조선 정보국 요원으로부터 부탁을 받았다.

그것은 러시아군의 보급로를 차단하는 것이었다.

비록 원세개 때문에 중단되었지만 정부 구성을 돕던 조선과 중화민국의 약속을 믿고 러시아를 향해서 기병대를 몰고 달려갔다.

그들의 선조는 '돌궐'이라 불렸던 민족이었다.

그리고 돌궐은 서양에서 '투르크'라 불리고 있었다.

오스만 제국과 혈통을 같이하며, 돌궐은 고구려와 동맹을 맺고 중원의 당나라에 맞섰던 민족이었다.

천년의 시간이 지나 그 후손들이 힘을 합쳐서 싸우고 있었다.

그리고 '위구르'라 불리는 돌궐의 후손은 '바이칼'이라 불리는 호수에 이르러 호숫가를 따라 부설 된 단선 철도에 도착하게 되었다.

그 철도는 러시아군의 유일한 보급로와 병력 수송로였다. 호수로 이어지는 강 위로 높은 다리가 있었다. 그리고 다리 양끝을 소총을 멘 러시아군이 지키고 있었다.

중대 병력이 거주하는 막사가 있었고 은밀히 접근한 위구르족이 막사를 향해서 60mm구경의 박격포를 조준했다.

박격포탄에 신관을 결합하고 장약을 붙인 뒤 포신 아래로 떨어트렸다. 그러자 땅에서 쿵쿵 거리는 소리가 일어났고 포구 위에서 화염과 포성이 일어나면서 하늘 높이 박격포탄이 쏘아 날려졌다.

막사 주위에서 폭발이 일어나기 시작했다.

쾅! 콰쾅!

"뭐…뭐야?!"

쾅!

"크아악!"

놀라서 막사 밖으로 나온 병사가 포탄을 맞고 숨졌다.

계속해서 포탄을 쏘아 날리자 급히 소총을 가지고 막사 밖으로 나온 러시아 병사들을 보게 됐다.

그들을 향해서 위구르족이 총격을 가하기 시작했다.

"사격 개시! 섬멸하라!"

추장의 지시를 따라서 공여 받은 한 일식 소총과 한 이식 기관총의 방아쇠를 위구르족이 당기기 시작했다.

총성이 일어나면서 러시아 장병들이 쓰러지고 있었고, 계속해서 쏘아지던 박격포탄이 끝내 막사 지붕을 뚫고 들어가서 폭발을 일으켰다. 다리를 지키는 러시아 초병들에게도 빗발치듯이 총알이 날아들면서 벌집이 됐다.

적을 제압한 위구르족은 주위에 다른 적이 없는지 살핀 뒤 다리로 접근해서 양 끝에 폭약을 설치했다.

그리고 클레이모어 격발기로 똑같이 폭약을 터트리면서 다리를 붕괴시켰다.

이후로 가까운 거리에 있던 다른 철교 몇 개를 더 공격하고 폭파시켰다. 하얀 김을 내뿜는 열차가 시베리아 횡단 철도를 따라서 움직였다.

열차의 객차엔 러시아 포병이 타고 있었고 후미에서 끌리는 화물차엔 무게도 무거운 6인치 야포가 분리된 채로 실려 있었다.

그리고 포탄도 함께 적재되어 있었다.

열차를 운전하는 기관사의 눈에 철로가 끊어져 있는 것이 보였다.

그와 함께 다리도 끊어져 있다는 것을 알게 됐다.

"저게 왜 끊어져 있어?! 크윽!"

급히 제동을 걸면서 열차를 세우기 시작했다. 객차에서 노래를 부르는 포명이 밀리면서 아우성을 쳤다.

힘들게 속도를 줄이던 열차는 끝내 제동거리를 이기지 못하고 다리 아래로 굴러 떨어졌다. 그로 인해 열차에 타고 있던 러시아 포병들이 숨졌다. 화통에 있어야 할 석탄이 쏟아지고 화재가 일어나면서 열차에 불이 붙었다.

그리고 포탄이 유폭되면서 큰 폭발이 일어났고 주위 계곡이 흔들렸다.

그 모습을 위구르족이 망원경으로 살피고 있었다.

"보급로가 끊어졌다. 이제부터 주위에서 유격전을 벌인다."

"예! 추장!"

말을 타고 신출귀몰하면서 러시아군이 지나면 기습을 벌이고 도주하기로 했다.

그리고 철로가 끊어진 사실이 상트페테르부르크에 전해지게 됐다. 철로가 끊어짐에 러시아 군부가 당황했다.

니콜라이 2세에게도 보고가 전해졌고 차르가 크게 분노할 수밖에 없었다. 이내 극동군 사령관인 쿠로팟킨에게도 철도가 끊어진 사실이 전해졌다.

노성을 터트리며 북경 지휘부의 방 안을 쩌렁쩌렁하게 울렸다.

"지금 뭐라고 했나?! 블라디보스토크로 향하는 철도가 끊어져?!"

"예…! 사령관님!"

"바이칼 근처에서 끊어졌다면 우리까지 보급난에 허덕이게 되지 않겠는가?! 대체 교량 경비를 어떻게 섰기에 놈들의 공격을 그리 허용할 수 있단 말인가?! 그리고 고려군이 그 먼 바이칼로 진격하는 것을 아무도 예상하지 못했단 말인가?!"

"고려군이 아닙니다…! 사령관님!"

"그러면?!"

"위구르족입니다! 놈들이 고려군의 무기로 무장해 공격해왔다고 합니다! 우리 장병들이 놈들의 공격을 목격했다고 합니다!"

"어떻게… 놈들이 이제는 미개한 종족까지…! 크윽……!"

위구르족을 이용해 멀리 떨어져 있는 철로를 파괴했다는 보고를 듣고 이맛살을 찌푸렸다.

그와 함께 동쪽에서 날아든 급보도 보고 받았다.

보고문을 받은 참모가 미간을 좁히면서 난처한 표정으로 쿠로팟킨을 쳐다봤다.

그의 표정을 보고 쿠로팟킨이 물었다.

"또 뭔가?!"

참모장이 보고했다.

"극동 지역이… 공격 받고 있습니다! 놈들이 아무르 강을 건넜다고 합니다! 적군만 20만명이라고 합니다!"

"……?!"

"놈들이 우리 영토를 향해서 총공세를 벌이고 있습니다!"

참모장의 보고에 쿠로팟킨의 손바닥으로 책상을 내리쳤다.

"이것들이 미리 준비를 해왔어! 그렇지 않고선 이리 빠르게 공격할 수가 없다!"

"……."

"어떻게 이런 일이……!"

러시아 극동 지역의 영토는 조선의 만주와 동쪽 바다 사이에 껴 있는 돌기 같은 땅이었다.

때문에 위쪽이 끊어지면 돌기 끝에 위치해 있는 러시아의 부동항인 '블라디보스토크'가 고립될 수 있었다.

또한 주력군이 원세개를 돕고 있어서 취약할 수밖에 없었다.

극동 지역을 고스란히 잃을 수밖에 없었다.

그러나 그것을 예상하고 있었다. 가장 뼈아픈 것은 유일한 보급로인 철로가 끊어진 것이다.

쿠로팟킨이 참모장에게 물었다.

"6인치 야포는 얼마나 배치되었나?!"

그리고 대답을 들었다.

"절반입니다……!"

"절반?!"

"예! 하지만, 포탄의 양이 넉넉하지 않습니다! 교전이 벌어지면 빨리 소진될 겁니다……!"

포탄 뿐 아니라 총탄도 금방 소진될 수 있었다.

절대 장기전으로 끌고 가서는 안 되는 일이었다.

북경 동쪽과 남쪽이 신경 쓰였다.

"남쪽의 반군과 고려군은 어떻게 하고 있나?!"

"놈들이 구축한 방어진지에서 북상하지 않고 있습니다!"

"동쪽의 고려군은?!"

"아직 국경을 넘지 않았습니다만 조만간 우릴 향해서 진격해 올 겁니다!"

"병력은 얼마나 되는가?!"

"극동 지역을 침략한 병력과 비슷할 것으로 예상합니다! 남쪽의 반군과 호응할 겁니다!"

"참호전술로 놈들을 상대한다! 먼저 방어해서 예봉을 꺾고 반격한다! 이를 예하 부대로 전파하라!"

"알겠습니다!"

"미개한 놈들이 감히……!"

한 번에 조선군을 상대해서 큰 피해를 입히고자 했다.

유럽에서 참호전이 벌어지고 있었고, 그 전술을 통해 공격하는 조선군에게 심각한 피해를 입히고자 했다.

휘하 부대로 명을 전하고 참호를 팔 것을 지시했다.

그리고 이틀 안에 참호가 모두 준비됐다.

나무를 덧대는 식으로 튼튼한 진지를 구축하지는 않았지만 적어도 사람이 머리만 내놓을 수 있을 정도로 깊숙한 교통호 진지가 마련됐다.

그리고 그 길이는 무려 100km에 이르렀다.

조선과 러시아의 전쟁이 격화되고 있었다.

참호를 돌파하다

개전이 선포되었다. 조선과의 전쟁이 발발하면서 온 장병들에게 전투배치 명령이 떨어졌다. 출동 준비는 미리 되어 있었고 그저 부두에 묶인 계류줄을 풀고 닻을 올린 뒤 출항하기만 하면 됐다. 러시아 태평양 함대 사령관이 기함에 승선해 출항 명령을 내렸다.

"고려 황해 해군 기지를 공격한다! 출항하라!"

"출항!"

기적 소리가 크게 울려 퍼졌다.

그와 함께 여러 척의 장갑함과 순양함이 부두에서 함 측을 떨어트리며 바다로 나가기 시작했다.

이어 포함과 구축함도 러시아 태평양 사령부 기지에서

벗어나려고 했다.

그때 출항하지 못한 함정들 위로 불기둥이 치솟았다.

요동반도 끝자락에 위치해 있는 여순항으로 조선군의 포격이 이뤄지고 있었다.

"적 포격이다!"

"놈들이 우리에게 포탄을 쏘고 있어!"

"빨리 출항시켜!"

콰쾅!

"크아악!"

구축함 한 척이 직격으로 포탄을 맞고 주저앉았다.

그리고 수면 아래에서 거품을 내뱉으며 조금씩 함측을 기울이기 시작했다. 다른 함정들도 포탄을 맞고 피해를 입으며 침몰하고 있었다. 그 모습이 이미 바다로 나간 러시아 해군 함정들에게 관측됐다.

망원경을 든 견시수가 함교의 사령관에게 급히 외쳤다.

"대련에 적 포대 확인! 고려군입니다! 고려군이 우리 함정과 해군 기지로 포격하고 있습니다!"

"대련부터 정리한다! 침로를 수정하라!"

제독의 이름은 '니콜라이 이바노비치 네보가토프'였다.

블라디보스토크의 태평양 3함대를 지휘하다가 여순항의 태평양 함대 전체를 지휘하는 지휘관이었다.

그의 명으로 출항한 장갑함들이 대련을 사정거리에 넣으려고 했다. 암벽으로 이뤄진 해안선을 돌자 태극기가 나부끼는 대련이 모습을 드러냈다. 그리고 포구를 조준하고 조선의 영토를 포격하고자 했다.

그때 러시아 기함의 함 측에서 불꽃이 터져 나왔다.

크나큰 진동에 네보가토프가 쓰러지게 됐다. 넘어졌던 견시수가 일어나면서 기함 밖의 상태를 확인했다.

"함정이 기울고 있습니다! 기함이 침몰하고 있습니다!"

이어 함 내 통신을 위한 송수화관에서 음성이 울려 퍼졌다.

─함저가 뚫렸습니다! 침수되고 있습니다! 아무래도 어뢰 공격을······!

끝내 보고를 마무리 짓지 못했다.

보고를 전하던 장교의 목소리가 사라졌고 세차게 바닷물이 밀고 들어오는 소리가 울려 퍼졌다.

네보가토프가 급히 명령을 내렸다.

"퇴함하라!"

직후 폭음이 들렸고 견시수가 다시 크게 외쳤다.

"보로디노 피격! 침몰 중! 잠수함입니다! 잠수함이 우리 함대를 공격하고 있습니다!"

"다른 함정이 잡아야 한다! 어서 잠수함을 찾아!"

"예!"

기울어지는 와중에도 러시아 태평양 함대를 공격하는 잠수함을 찾으려 했다.

그때 견시수의 동공이 크게 확장됐다.

견시수는 목이 찢어질 듯이 크게 외쳤다.

"우리에게 옵니다!"

콰쾅!

더 이상의 보고와 명령 하달은 없었다.

침몰하고 있던 기함인 '크냐지 스보로프'함에 두 발의 어뢰가 달려들었고 끝내 폭발을 일으키면서 수면과 맞닿아 있던 함교를 날려 버렸다.

검은 연기가 곳곳에서 일어났다. 여순을 포격하던 조선군 야포가 바다를 향해서 포구를 돌렸다.

그 야포는 천둥 삼식이었고 러시아 해군 함대를 사정거리 안에 두고 있었다.

포병대대장이 직접 적기를 휘둘렀다.

"쏴!"

뻐버벙! 뻐벙!

대대 일제 사격이었다.

벼락 소리가 대련 부근에서 일어났다.

그리고 54발에 이르는 포탄이 러시아 함정들이 있는 곳에 쏟아져 내렸다.

겨우 목숨을 부지하던 러시아 수병들도 함정과 함께 바다로 가라앉기 시작했다.

그 모습이 어뢰로 공격하던 잠수함의 잠망경에 비춰졌다. 수면 아래에 은신해 있는 잠수함은 결코 한 척이 아니었다. 9척의 잠수함이 암살자처럼 다니고 있었고 그중 3척이 여순과 대련 가까이에 있었다. 잠수함 전단을 이끄는 지휘관이 직접 적 기함을 상대했다.

그의 이름은 '김창수'로 일본과의 전쟁에선 순양함 전대를 이끌고 해상전을 치렀던 사내였다.

그의 눈동자에 불타는 바다가 보이고 있었다.

"적 함정들이 모두 침몰했다. 이제부터 우리는 여순을 공격하는 아군 함대의 호위를 맡는다. 잠수함 전대장들에게 이를 전하라."

"예. 제독."

통신을 위한 부이가 수면에 떠서 해저의 잠수함과 전선으로 연결되어 있었다. 김창수의 명령이 전단 기함인 장보고함의 통신장교를 통해서 휘하 전대장들에게 전해졌다. 그리고 각 전대장들은 3척의 잠수함들에게 지시를 내려서 주위에 혹여 있을지 모를 적 잠수함을 경계했다.

그리고 수평선 근처에 있던 조선 해군 함정들이 북상했다. 여순항 근처에 이르러 포구를 조준했고 이내 포성을 일으켰다.

새로 편성된 2기동 함대의 포격으로 여순항에서 다시 불길이 치솟기 시작했다. 그리고 대련의 조선군 포병대도 여순항을 향해 맹포격을 가했다.

러시아군이 건설한 군 기지 건물들이 순식간에 폐허로 변했다. 그리고 대기하고 있던 조선군이 움직였다.

무너진 요새의 돌 더미를 넘어서면서 잔존하고 있던 러시아군을 정리했다.

그 보고가 군부를 통해서 이희에게 전해졌다.

유성혁과 장성호가 이희를 알현하고 있었다.

연전연승에 이희가 통쾌함을 느꼈다.

"대단하군! 짐이 승리를 의심한 적이 없지만 이렇게 일방적으로 이길지는 몰랐다. 마치 예전에 일본을 상대로 이기는 것과 마찬가지이지 않은가? 그렇지 않은가?"

"예. 폐하. 신들도 예상 못했습니다."

"우리 군이 짐과 경이 예상했던 것보다 훨씬 강했던 것 같다."

이희의 입가에 새겨진 미소가 지워질 줄 몰랐다.

주먹을 쥐면서 들고 있던 보고문을 몇 번이나 보았다.

그리고 뒷장에 쓰여 있는 피해 현황들을 확인했다.

해군 피해는 전무했지만 육군 피해는 그래도 10여명의 전사자가 기록되어 있었다.

그들의 이름을 보고 이희의 미소가 지워졌다.

"피할 수 없는 것이라는 것은 알지만 볼 때마다 마음이 불편하군. 이들을 기억하고 유족의 슬픔을 덜어야 할 것이다."

"예. 폐하."

"그나저나 민심은 어떠한가? 전쟁으로 인해서 동요하지 않는가?"

이희의 물음에 장성호가 대답했다.

"놀랐지만 크게 동요하지는 않고 있습니다."

"이렇게 전사자가 있다는 것을 알고 있는가?"

"알고 있습니다."

"그럼에도 아라사와의 전쟁을 두려워하지 않는가?"

"예. 그리고 우리 군이 연전연승을 해서 두려워하지 않

136

는 것이 아닙니다. 죽음을 무릅쓰고 마땅히 싸워야 하는 것을 알기에 설령 전사자가 생기더라도 그것은 어쩔 수 없는 일이라고 여기고 있습니다. 죽음이 두려워 싸우기를 주저하기보다, 정의를 바로 세우고 나라를 지키기 위해서 싸우려 하고 있습니다."

성혁이 이어서 한번 더 대답했다.

"전에 태극명예훈장 수여자가 태자 전하께 싸우고 싶다고 예비군 소집소를 찾아간 일이 있었습니다."

"기억한다. 김춘삼이지. 짐의 자식을 구한 은인을 어찌 잊겠는가? 50살에도 나라를 지키겠다고 나섰던 것을 알고 있고 지금도 그 감동을 잊지 못한다."

"김춘삼 병장과 그의 전우들이 함께 백성들을 독려하고 있습니다."

"알고 있다. 고맙게 생각하고 있다."

"그들의 독려로 백성들이 전쟁과 죽음의 두려움에 맞서는 법을 배우고 있습니다. 마침 신문 기사에 실려서 폐하께 보여드리고자 가지고 왔습니다. 이를 한번 봐주시옵소서."

성혁이 정오 직후에 발행 된 신문을 가지고 왔다.

군복 차림을 하고 있는 이희가 받아서 책상에서 신문을 펼치고 김춘삼에 대한 기사를 읽었다.

기사의 사진에 그가 사람들을 향해서 연설하고 있었고 그 앞에서 사람들이 열띤 환호를 보내는 모습이 담겨 있었다. 그리고 그의 옛 전우들이 뒤에서 흐뭇한 미소로 쳐다

보고 있었다.

기사를 읽고 이희가 신문을 덮었다.

"김춘삼뿐만이 아니다. 김춘삼 외에도 조선을 위해서 목숨 걸고 싸운 영웅들이 수없이 있다. 그들의 의지를 짐을 포함해서 만민이 배워야 할 것이다."

백성을 본받기를 주저하지 않았다.

그런 이희를 보면서 장성호가 유성혁과 서로 쳐다보고 잔잔하게 미소 지었다. 과거에 뿌리를 내려 이희의 신하가 되었다는 사실에 한 점 후회감도 들지 않았다.

두 사람의 조국은 이미 대한민국이 아닌 조선이었다.

전황보고에 이어 막 들어온 다른 보고를 전했다.

"미리견에 1전단이 도착했다고 합니다."

유럽의 백성들을 지키기 위해 전함과 순양함으로 구성된 1개 전단이 대전 개전 후에 파견된 상태였다.

수개월 동안의 항해를 마치고 끝내 뉴욕항에 도착했다.

조선군 함대가 뉴욕 시민들에게 모습을 드러냈다.

* * *

"저 국기가 태극기인가?"

"그래 맞아. 고려제국의 국기야. 뉴욕항에 고려 해군 함대가 들어왔어."

"고려가 어째서 일본을 이겼는지 알 것 같아!"

배수량 15000톤이 넘는 군함이 뉴욕항에 입항했다.

전함인 단군함과 온조함이 뉴욕항의 부두 하나를 놓고 양편에 정박했고, 배수량 8000톤이 넘는 한성, 평안, 제주함이 다른 부두에 정박해서 다리를 내렸다.

그리고 보급을 위한 화물선과 사람을 태우기 위한 여객선 한 척이 함께 뉴욕항에 정박했다.

조선 해군이 미국에 당도했고 그 모습을 뉴욕의 신문 기자들이 사진을 찍으며 기사로 쓰려고 했다.

이미 기사의 제목은 정해져 있었다.

'고려 제국의 군함이 뉴욕항에 입항하다.'

'유럽의 전장에 갇힌 고려 국민을 구하기 위해 뉴욕에서 출동 대기하다.'

'우수한 군함을 보유한 고려는 유럽과 미합중국의 문명을 이룩한 유일한 동양의 나라.'

한 나라를 도발하는 기사 제목도 정해져 있었다.

'러시아 제국과 전쟁 중인 고려. 뉴욕에서 출항해 유럽의 러시아 해군을 상대할 수 있다.'

'러시아 해군은 고려 해군을 이기지 못할 것.'

동양 최강의 함대를 보유한 나라였다.

때문에 유럽에서 뒤처진 러시아 해군 함대라면 능히 상대할 수 있을 것이라고 미리 제목을 만들어뒀다.

물론 뉴욕에 입항한 1개 전단으로 러시아 해군 전체를 상대하는 것은 무리였다.

그저 유럽에 남아 있는 백성들을 위급 상황에 대피시키고 그들을 호송하기 위한 전단이었다.

장병들과 함께 전단의 지휘관이 현문으로 이어진 다리를 걸으면서 부두에 내려섰다.

이희가 황제를 칭하면서 그의 왕자들도 새로운 칭호를 얻었다. 세자는 황태자가 되었고, 군은 친왕이 되어 황실에 속한 사람이라는 것을 알렸다.

의친왕 이강이 뉴욕의 땅을 밟았다.

"여기가 뉴욕인가?"

높은 건물이 보였다. 그곳에선 계속해서 공사가 이뤄졌다. 미국의 국력이 여실히 느껴졌다.

미국 땅에 첫발을 내딛는 순간 그 사실을 깨닫게 됐다.

천군이 어째서 미국과 동맹을 맺고 외교관계를 중시했는지 알 것 같았다.

미국 정부에서 사람이 나와 이강을 맞이했다.

그는 해군성 장관으로 이름은 '요세푸스 다니엘스'였다.

다니엘스가 이강에게 손을 내밀며 악수를 청했다.

"미합중국 해군성 장관 요세푸스 다니엘스요."

"대고려제국 해군 1기동함대 1전단장 의친왕 이강 소장이오."

"만나게 되어서 반갑소."

"마중 나와 주어서 고맙소."

"이제부터 고려 해군 함정과 장병들을 뉴욕에서 주둔할 수 있게 미합중국 정부에서 힘쓸 것이오. 이를 통해 양국의 우의가 도모되었으면 좋겠소."

"동감이오."

"시간이 나면 함정 구경을 시켜줬으면 좋겠소."

미국 해군성을 우의를 다지면서 일본을 상대로 이긴 조선군 함대의 진면목을 확인하고자 했다.

이강은 그 의도를 알고 있음에도 함내를 보여줘도 크게 문제 될 것이 없다는 생각에 알겠다고 대답했다.

다니엘스의 시선은 조선의 전함과 순양함의 함포로 향해 있었다.

미국 관료들의 안내를 받아 뉴욕항 주변의 한 건물을 조선 해군 장병들이 빌려 썼다.

숙식은 함정 안에서 이뤘지만 지상에 임시 본부가 있어야 했다.

함정 관리와 해군 장병들을 지휘부가 살폈다. 그리고 미국 해군성과 연락하며 만약의 사태를 대비했다.

지상 지휘부에서 이강이 머물 때 몇 명의 손님이 본부를 찾아왔다. 그들은 예전에 조선에서 왕실이었던 황실을 지켰던 인물이었다.

성한이 1전단 본부에서 이강을 만났다.

"처음 뵙겠습니다. 의친왕 전하. 유성한입니다. 전화를 뵙게 됨에 영광입니다."

"처음은 아니오. 을미년 후에 수시로 입궐했던 것을 보았소. 어디에 있었나 했는데 미리견에 있는 줄 몰랐소. 군부대신으로부터 이곳에 있다는 것을 들었소. 정식 인사는 처음이니 만나게 되어서 참으로 반갑소."

"예. 전하."

"옆에 있는 사람은 경호원이오?"

이강이 석천을 보면서 물었다. 성한이 웃으면서 그를 소개했다.

"을미년에 황실을 구했던 지휘관 중 한 사람입니다. 합참의장과 특임대장과 같이 천군을 지휘했었습니다."

"이주현 대장을 말이오?"

"예. 전하."

"오오, 이곳에서 천군의 지휘관을 보게 되다니……."

해병대 소대 3분대를 지휘했던 석천을 보고 이강이 반가워했다. 악수를 하면서 인사했고 나라를 구한 영웅들이 만남에 감격했다.

그들은 커피를 내어서 마시면서 담소를 나눴다.

"휴가 중이었다면 모르겠지만 나름 작전 중이라서 이런 것밖에 내어줄 수 없소. 미안하오."

"아닙니다. 각박한 세상에서 물 한 잔 마시기도 힘든데 이 정도면 저와 박대장에게는 충분한 대접입니다. 그래서 더 감사합니다."

"다음에 조선에 가면 제대로 대접하겠소."

"그러면 그때를 기대하겠습니다."

함께 차를 마시면서 근황을 물었다.

이강은 성한이 어떻게 지내왔는지 궁금했다.

"다른 천군은 모두 조선에서 나라를 위한 대업을 이루고 있소. 헌데 유과장은 어째서 이렇게 미리견에 와 있는 것이오? 내 알기로 총리대신과 특무대신과 실권을 쥐지 않

142

앴소?"

"나라가 어려운 시기였기에 안팎의 위험을 잠재울 필요가 있었습니다. 총리대신과 특무대신은 조선에 남았고 저는 폐하의 황명을 받아 미국에서 일했습니다. 물론 제가 부족하다는 것은 느끼고 있습니다."

"정확히 어떤 일을 했는지 알 수 있겠소?"

"그것은……."

이강이 성한에게 무슨 일을 하는지 물었다.

성한이 주위를 살피고 알려주려고 할 때였다.

급히 전단 참모장이 들어와서 이강에게 경례했다.

"전단장님!"

"무슨 일인가?"

"지금 막 급보가 들어왔습니다! 아라사가 우리에게 선전포고했다고 합니다!"

"……?!"

"우리 조정도 아라사를 상대로 선전포고했습니다! 지금쯤이면 아마 교전을 벌이고 있을 겁니다!"

참모장의 보고에 이강의 눈두덩이가 움찔거렸다.

그의 모습을 보던 성한이 한숨을 쉬었다.

"결국 전쟁 선포가 이뤄졌군요."

"정황을 알고 있소……?!"

"태평양이 아닌 대서양 건너를 통해서 들어온 소식이 있습니다. 중화민국의 원세개가 칭제하면서 중국 각 군과 백성들이 봉기했습니다. 원세개군이 밀리다가 우리 조정에 도움을 요청했었는데 그것을 거부하면서 아라사가 원세개를 돕고……."

"우리가 봉기한 중국군과 중국 백성들을 도와서 충돌이 일어났다?"

"예. 전하. 충돌에 관해서는 잘 모르겠지만 그런 환경이 구성된 것은 들었습니다. 아마도 전하께서는 항해 중이셨기에 듣지 못하셨던 것 같습니다."

이강의 얼굴에 근심이 잔뜩 담겼다.

그는 아라사와의 전쟁으로 조선이 유럽 대전에 휘말리는 것을 걱정했다.

곧바로 참모장에게 물었다.

"영길리와 불란서는? 입장이 나왔는가?"

"불란서는 조선과 중립 수교 관계를 유지하고, 영길리는 동맹 관계를 유지한다고 했습니다! 조선이 독일 동맹국 편에 서지 않는 이상 아라사와의 전쟁에 무관여 하겠다고 입장을 밝혔습니다!"

"불행 중 다행이군! 정말로 다행이야!"

여유를 찾고 심호흡 하면서 걱정을 드러냈다.

그리고 성한도 유럽 강국의 입장을 확인하면서 러시아만을 상대하는 전쟁만 신경 쓰면 되겠다는 생각을 했다.

당분간 조선의 군수품은 유럽으로 향할 수 없었다.

"그동안 유럽에 군수품과 구호품을 조선이 수출했는데 아라사와의 전쟁으로 인해서 밖으로 팔기가 힘들겠습니다."

"우리 쓸 것도 모자랄 테니 말이오."

"해서, 미국이 조선을 지원할 수 있도록 힘써보겠습니다."

"가능하오?"

"예. 전하. 충분히 가능합니다. 그렇게 되도록 만들 것입니다."

성한이 자신이 하는 일을 이강에게 밝혔다.

"이곳에서 사업을 이뤄왔습니다. 딱히 어느 회사를 경영한 것은 아니지만, 폐하께서 도움을 주셔서 이곳에서 많은 회사를 거느리고 있습니다. 그들 회사로 미국을 움직이겠습니다."

그때만 하더라도 성한이 하는 말을 이강은 이해하지 못했다.

며칠이 지나서였다. 미국 정부에서 러시아와 전쟁을 치르는 조선에 탄약과 포탄을 비롯한 군수품을 팔겠다는 결정이 내려지고 그에 관한 회사들의 주식이 급등했다.

그리고 그 회사 대다수는 성한이 대주주로 주식을 소유한 회사들이었다.

* * *

미처 미국 정부의 결정이 동양으로 전해지기 전이었다.

중국에서 일어난 내전이 러시아와 조선에게 번졌고 주위 나라와 민족에게 번지고 있었다.

일본의 대통령인 '토고 헤이하치로'가 외무부에서 올라온 문서를 앞에 두고 잠시 고민했다.

그리고 앞에 서 있는 장관과 기자들에게 말했다.

"우리는 전쟁이 우리에게 무엇을 주는지 알고 있소. 그리고 전쟁의 원인이 어디에 있었는지도 알고 있소. 때문에 우리는 그것을 경계하고, 우리가 선천적으로 가진 욕심을 절제해왔소. 지금도 마찬가지요. 우리는 지난번의 잘못을 반복하지 않을 것이오."

장관들과 기자들이 웅성거렸다.

하지만 토고의 말은 거기서 끝이 아니었다.

"그러나 불의를 보고 맞서 싸우지 않는 것은 더욱 큰일이오. 원세개는 명백하게 과욕을 부렸고, 그에게 충성을 바치는 모든 민족이 한족이라고 했소. 이것을 강요하면 곧 침략이고, 세상 모든 땅과 바다가 중화제국의 것이라 주장될 수 있소. 이는 장기적으로 봤을 때 우리 일본국에 대한 침략과 통치의 명분이 될 수 있소. 이를 미연에 방지하고 정의를 세우는 것에 있어서 절대 피흘리기를 두려워하지 말아야 하오. 우리는 정의로운 세상을 후손들에게 물려줄 것이오."

토고의 이야기가 사람들의 가슴에 깊이 파고들었다.

이어 대통령 집무실 책상 위에 놓여 있던 문서에 서명을 넣었다.

그는 그것을 외무부장관에게 넘겼다.

"아라사에 대해 선전포고하시오."

"예! 각하!"

조선과 동맹을 이루는 일본이 러시아에 대해 선전포고했다. 그리고 황제를 칭한 원세개에게 맹비난을 가하면서 그에게 황위에서 스스로 퇴위할 것을 요구했다.

그 소식을 들은 원세개가 크게 분노했다.

"군대다운 군대도 제대로 없는 것들이 뭐가 어째?! 짐에게 과욕을 부리지 말고 화를 자초하지 말라?! 그딴 망발은 알아서 걸러야 하지 않겠는가?!"

"송구합니다. 폐하……."

"미친놈들! 크윽!"

양탁의 보고를 받고 분통을 터트렸다.

그의 분기가 어느 정도 가라앉기 전이었다.

엄복이 급한 소식을 가지고 중화전 안으로 들어왔다.

"폐하!"

"또 뭔가?!"

"유구국이 아라사에 선전포고하고 폐하께 비난 전문을 보내왔습니다…! 서쪽의 토번도 아라사와 폐하께……!"

"버러지 같은 놈들! 내 반드시 그놈들의 씨를 말려 버릴 것이다! 어디서 감히 역리를 벌이려 하는가! 개만도 못한 놈들!"

토혈하듯이 욕설을 쏟아내면서 눈의 흰자가 시뻘겋게 변했다.

분노를 풀지 못해서 눈에서 피눈물이 나려고 했다.

주위의 모든 나라와 민족이 러시아에게 선전포고하고 원

세개에게 맹비난을 퍼붓고 있었다.

심지어 토번이라고 불리면서 정부 구성을 준비해왔던 티베트와 조선의 도움으로 대만도와 섬 몇 개로 독립한 유구국도 원세개가 아닌 조선에 힘을 실어줬다.

군대를 얼마나 보낼지 알 수 없었지만 적어도 외교적 명분이 어디에 있는지 알 수 있었다.

그런 상황이 원세개에게 몹시 부담을 줬다.

자신이 잘못한 게 없으니 세상이 잘못 된 것이라고 자기세뇌를 걸었다.

그런 상황에서 다시 보고가 전해졌다.

"조선군이 장성을 넘었습니다!"

원세개를 황위에서 끌어내리고 그를 돕는 러시아군을 격퇴시키기 위해 조선의 최정예 육군이 국경을 넘었다. 그리고 그 소식은 이내 러시아 극동군 사령부에도 전해졌다.

북경 동쪽에 당산이라 불리는 곳이 있었고 그곳에 갈석산이라 불리는 산이 있었으니 산 정상에서는 산해관이 있는 진황도까지 손바닥 보듯이 살필 수 있었다.

쿠로팟킨이 갈석산 중턱에서 동쪽과 북동쪽을 살폈다.

산 아래에 러시아군의 참호와 철조망으로 이뤄진 진지가 구축되어 있었고 20km나 떨어진 먼 곳에서 흙먼지 구름이 일어나는 것을 확인했다.

쿠로팟킨이 부하들에게 전투준비 명령을 내렸다.

"고려군이 진격해온다! 전투 준비를 하라! 적을 최대한 끌어들여서 압도적인 화력으로 한 번에 쓸어낸다! 관측병은 적 포병의 위치를 보고하라!"

"예! 사령관님!"

반드시 이겨야 한다는 부담이 쿠로팟킨의 어깨를 무겁게 하고 있었다.

'몰아치듯이 놈들을 궤멸시켜야 한다! 그렇지 않으면 시간이 지날수록 우리가 불리해! 철도가 복구되지 않는 이상 말이야! 여기서 놈들의 주력군을 박살내야 해!'

보급이 원활하지 않는 상태에서 총탄과 포탄을 허비하는 일이 많아봐야 좋을 게 없었다.

한번에 쏟아 부어서 조선군의 전투력을 상실케 하려고 했다. 그리고 그런 쿠로팟킨의 작전을 북경으로 진격하는 조선군 사령관이 알고 있었다.

그는 남자가 아니라 여인이었다. 조선 최고의 지휘관 중한 사람이었고 대장부보다 강한 여인임과 동시에 두 아이의 어머니였다.

그녀에겐 반드시 이겨야 하는 이유와 의지가 있었다.

조선 육군 1군 사령관인 이주현은 전날에 작전회의를 가졌다.

'적에게 6인치 야포가 배치되었다는 정보가 있다. 따라서 적진 전방 14km 이내로 진격하지 않는다. 전 군은 15km 거리까지만 접근한다.'

회의 도중에 1군단장이 박승환이 물었다.

'아군 화포로 먼저 포격합니까?'

'그렇다. 그리고 포격이 끝나면 적진을 공습하고 지상군의 진격을 이룬다. 각 사단에 정해진 진격로 대로 진격해서 북경 외곽과 천진을 점령하라. 또한 적의 퇴로를 완벽히 차단하기 바란다. 우리는 번개처럼 적을 포위하고 섬멸할 것이다.'

마지막 회의에서 군단장과 사단장들이 이주현의 명을 받들었다.

육군 1군 사령관인 주현의 휘하에 20만 대군이 통솔되고 있었다.

러시아군 방어선으로 진군하던 조선군이 멈췄다.

그 모습을 보고 쿠로파킨이 의아했다. 참모장이 그에게 보고했다.

"고려군이 멈춰 섰습니다!"

"거리는?"

"15km, 혹은 16km입니다! 놈들이 우리가 보유한 야포의 사정거리를 아는 듯합니다!"

순간적으로 불길한 기분이 들었다.

만약 참모장의 말이 사실이라면 조선군은 러시아군을 손바닥 보듯이 알고 있는 것과 마찬가지였다.

반면에 쿠로팟킨이 가지고 있는 조선군에 대한 정보는 불완전한 것들이 많았다.

인상을 쓰며 진군을 멈춘 조선군을 산 위에서 바라보고 있었다. 그리고 이주현이 망원경으로 적진을 살피고 있었다.

조금 높은 언덕에 올라가 적의 방어선 선체를 살피고 있었다.

곁에 있던 참모장이 보고했다.

"아군의 진군이 멈췄습니다!"

보고를 받고 이주현이 고개를 끄덕였다. 그리고 뒤돌아서 방렬을 거의 마친 화포들의 위용을 살폈다.

육중한 무게를 지니고 포신이 긴 화포가 포구를 들어 올리고 있었다.

포반장과 포반원이 바삐 움직이면서 방렬을 마쳤고 포탄을 장전하면서 포격 준비를 마치게 됐다.

그것을 보고 이주현이 중얼거렸다.

"KH179……."

"예?"

"아니. 혼잣말이야. 준비가 되는 대로 적진을 태워버리라고 해."

"예! 사령관님!"

155mm 구경을 지닌 막강한 화력을 지닌 야전곡사포였다. 조선에서는 천둥 삼식으로 불리고 있었지만, 미리 개발되지 않았다면 'KH—179'라는 제식 명을 얻고 대한민국 국군에 배치되어야 할 화포였다.

사정거리만도 23km에 달하는 장사정거리를 지니고 있었다. 그런 야포가 포병연대별로 1개 대대씩 배치되어 있었다.

100문 이상의 천둥 삼식이 포격 준비를 마치고 이내 불을 뿜을 준비를 했다. 포대장과 포반장들이 적기를 휘두르면서 포격을 지시했다.

"쏴!"

뻐버벙!

이주현의 뒤에서 천둥치는 소리가 크게 발생했다.

그리고 굉음이 일어났다.

하늘이 찢어지면서 참호 속에 몸을 숨기고 있던 러시아군의 머리 위로 쏟아져 내렸다.

폭발이 일어나면서 비명 소리가 나기 시작했다.

쾅! 콰콰쾅!

"크아악!"

"아악!"

"적 포격! 엄폐하라!"

콰쾅!

"으악!"

러시아 장병 중 어느 한명 참호 밖으로 고개를 내밀 수 없었다. 맹렬한 포격에 땅이 뒤집어지고 몸을 숙인 러시아군 머리 위로 흙덩이들이 떨어졌다.

그리고 포탄이 참호 속으로 떨어지면서 그 주위에 있던 장병들이 휩쓸렸다.

방어선이 포격 받는 모습을 쿠로팟킨이 보고 있었다.

조선군과의 거리가 상당했기에 당황할 수밖에 없었다.

쿠로팟킨이 조선군 포병대를 찾으라고 지시했다.

"놈들이 어디서 포격하는지 찾아라! 고려군 포병대를 제거해야 한다!"

"보이지 않습니다! 사령관님!"

"보이지 않는다 말하지 말고 무조건 찾아! 그렇지 않으면 아군만 희생당하게 된다!"

"예!"

"대체 어디에 있단 말인가……!"

숨겨진 조선군 포병부대를 찾으려고 했다.

하지만 러시아군 방어선에서 15km 이상 떨어진 조선군과의 사이에서 포성이나 포연을 일으키는 어떠한 부대도 보이지 않았다. 그때 보고를 듣고 놀란 참모장이 조선군 최후방을 살폈다.

그 너머에서 포성이 발생하고 있었다.

"사령관님!"

"찾았는가?!"

"저기…! 고려군 후방에!"

"……?!"

"저곳에서 놈들이 포격하고 있습니다! 포연이 보입니다!"

"맙소사……!"

쿠로팟킨을 비롯한 러시아군 지휘부에서 공통의 생각이 들었다.

'어떻게 저기에서 쏘는 거야?!'

못해도 20km의 거리는 될 것 같았다.

그 거리는 세상의 어떤 야포를 가지고 와서 쏘더라도 닿을 수 없는 거리였다.

심지어 전함의 함포조차도 그 정도 거리를 쏠 수 있을까 라는 생각이 들었다. 계속해서 조선군의 포격이 이뤄졌다. 주현이 포성을 일으키는 포병 부대와 전방의 적진지의 상태를 확인했다.

그녀와 그리 멀지 않은 곳에 기자들이 언덕 위에 올라 전투 광경을 살피고 있었다.

기자들 중엔 외국 기자들도 있었다.

'고려군의 야포가 이렇게 멀리 쏠 수 있다니!'

'런던에서 이 사실을 알면 분명히 충격 받을 거야!'

'러시아는 고려를 절대 이길 수 없어!'

미국과 영국, 프랑스, 독일 등 주요 열강 제국의 기자들이었다. 그리고 그들은 조선군의 진정한 전력을 눈앞에서 목격하고 있었다.

그리고 감탄하며 의문을 표했다. 불과 20년 전만 해도 미개했던 동양 나라가 조선이었다. 그랬던 조선이 서양 제국 중 하나인 러시아를 압도하고 있었다.

기자들을 보면서 이주현이 생각했다.

'조선이 강한 것을 알면 쉽게 전쟁을 걸 수 없을 거야.'

최강국이 되지 못하면 전쟁 결정권은 다른 나라가 쥘 수밖에 없었다. 그것은 중립을 선포했음에도 좋은 진격로에 위치했다는 이유로 독일에게 침공을 받은 벨기에만 보더라도 알 수 있었다.

전쟁을 걸면 최소한 공멸을 당하거나 멸망당할 수 있다

는 것을 세상에 알릴 필요가 있었다. 그런 목표로 외국 기자들 조선군의 전투 방식을 공개하고 있었다. 포성을 일으키던 화포가 드디어 침묵하면서 포격을 중단했다.

"포격 중지! 포신을 식혀라!"

포병부대에서 장병들의 외침이 크게 울려 퍼졌다.

그리고 폭음으로 채워지던 러시아군 진영에선 적막감이 감돌며 검은 연기만 피워 올랐다.

참호가 무너지고 철조망이 뜯겨져 있었다.

참호 속에서 몸을 웅크린 러시아 병사가 벌벌 떨면서 두려움과 공포에 마비됐다. 그리고 소수의 장병들만이 참호 밖으로 머리를 내밀면서 살폈다.

진지 곳곳에서 수습을 위한 외침이 울려 퍼졌다.

"인원을 확인해라!"

"위생병! 위생병!"

"몸을 낮춰서 다녀! 놈들이 다시 포격할 수 있다!"

"대체 어디에서 야포를 쏜 거야?!"

산 아래 진지에서는 조선군의 후방을 살필 수 없었다.

러시아 장병들이 호 사이에서 움직이면서 부상자들을 살피고 기관총과 소총을 잡고 밖을 살피기 시작했다.

그리고 혹여 진격해올지 모를 조선군을 경계했다.

10km 밖에 조선군이 있었지만 자신들이 예상하지 못한 부대가 나타나는 것을 경계했다.

그 모습이 주현의 망원경 속에서도 담겼다.

동쪽 하늘에서 벌떼 소리가 일어났다.

참모장이 주현에게 보고했다.

"아군 전투기들이 옵니다."

비상한 매들이 양군의 머리 위로 날아오고 있었다.

매들을 보고 조선군 장병들이 환호했다.

"공군이다!"

"왔다!"

"놈들을 요절내 버려!"

"와아아아!"

창설된 지 얼마 안 된 공군과 하늘을 질주하는 전투기들에게 큰 기대를 나타냈다. 육군의 응원을 받고 공군 조종사들이 전방을 향해서 질주했다.

그리고 그들을 본 러시아군이 어리둥절했다.

포격을 맞고 잃을 뻔했던 정신을 겨우 차린 병사들 중에 전투기가 무엇인지 제대로 아는 사람은 한명도 없었다. 정찰기로 쓰이다가 전투기로 쓰이게 된지 몇 년 되지 않았다. 장병들 중 어느 누구도 그것이 위협적인 존재라고 여기지 않았다. 오직 쿠로팟킨과 일부 지휘부 장교들만이 멀리서 오는 전투기들을 알아보았다.

"설마 전투기인가?!"

"그런 것 같습니다!"

"고려에서 최초의 항공기가 개발됐다는 것을 잊고 있었어! 놈들의 전투기가 공격해 올 거다! 장병들에게 화기로 화망을 구성해서 잡으라고 지시를 전하라! 아군에게 기총소사를 해올 거다!"

"예! 사령관님!"

당황했지만 충분히 이길 수 있을 것이라고 생각했다.

보이는 전투기들의 수는 많았지만 100기 정도였고, 비록 대공포가 없더라도 소총과 기관총의 총구 방향을 올려서 잡을 수 있다고 생각했다.

쿠로팟킨이 걱정하는 것은 부대의 경미한 피해보다 공습으로 혼란에 빠졌을 때 조선 육군이 진격해오는 것이다. 그러나 조선군과의 거리가 상당했다.

절대 공습 도중에 진격해올 수 없을 것이다.

조선군의 전술이 거기까지 준비되지 않을 거라 여겼다.

쿠로팟킨이 동양의 부족함을 생각하고 있던 중 산해관의 하늘을 넘은 전투기들의 형태가 눈에 들어왔다.

천과 나무로 제작 된 유럽의 전투기와 다르게 뭔가 단단해 보였고 겉면의 광택으로 인해 반짝였다.

그때까지만 해도 재앙이 찾아올 것이라고 생각하지 않았다. 후방에서 천둥소리를 일으켰던 조선의 포병부대를 더 두려워했다. 조선의 공군참모총장이 직접 출격해서 조종사들을 지휘하고 있었다.

'적 포병부대를 찾아 폭격하라! 참호 공격은 다음이다!'

'예! 총장님!'

노백린이 조종사들에게 수신호를 보냈다.

전투기 하부에 사람 크기만 한 폭탄이 한 발씩 달려 있었다.

조선군 조종사들은 긴장과 승리의 확신 속에서 지상에서

찾기 힘든 러시아 포병 부대를 하늘에서 찾으려고 했다.
그리고 이내 6인치 야포로 무장한 적 포병 부대를 찾아냈
다. 포탄을 쌓아놓고 조선군이 진격해 오기를 하염없이 기
다리는 러시아군을 발견했다.

그 위로 조선군 전투기들이 하강을 벌였다.

기총 조준선보다 표적을 조금 아래에 두고 조종석 옆의
레버를 당겼다.

'폭탄 투하!'

철컥, 하는 소리와 함께 전투기 아래에 장착되어 있던 폭
탄이 투하됐다.

직후 땅에 박힌 폭탄이 크게 폭발했고 기름과 화염이 쏟
아져 나오면서 6인치 야포와 탄약과 장약을 순식간에 집
어 삼키면서 유폭을 일으켰다.

폭발에 휩싸인 러시아 장병들이 고통의 비명을 질렀다.

"으아아악!"

"커허헉……!"

"사…살려줘……!"

폭사로 단번에 죽는 것이 다행인 수준이었다.

기름과 불을 뒤집어 쓴 병사들은 최악의 고통을 맛보면
서 죽음에 이르렀다.

그 모습이 남아 있는 장병들에게 공포를 각인시켰다.

폭탄 한 발로 몇 문이나 되는 러시아군의 소중한 야포가
사라졌고 남은 야포를 다른 전투기들이 차례대로 폭격하
기 시작했다.

그 주위에 있던 러시아 장병들이 사방으로 도망쳤다.

"피해라!"

콰쾅!

"크악!"

다시 몇 문의 야포가 사라졌고 그 모습을 쿠로팟킨이 지켜보고 있었다. 유럽에서 수많은 적을 폭사 시켰던 야포가 지워지고 있었다.

"어…어떻게 이런 일이……!"

"맙소사……!"

마치 악몽을 헤매는 것 같은 느낌을 받았다.

지휘부 장교들도 뭘 어떻게 해야 할지 전혀 몰랐다.

전투기가 그렇게 쓰일 수 있다는 것을 감히 생각해본 적이 없었다.

폭격을 지켜보는 유럽의 기자들도 사고가 마비되는 것을 느꼈다.

"전투기를 저런 식으로 쓰다니……!"

"상상해본 적이 없어……!"

하늘에서 폭탄을 떨어트릴 수 있다는 것을 목격하고 있었다. 유럽에서도 폭탄을 떨어트리긴 했지만 고작 수류탄에 불과했고 조선은 그것을 뛰어넘었다.

폭격에 이어 전투기들이 기총소사를 벌였다.

하늘에서 쏟아지는 총탄에 의해 참호 속에 몸을 웅크린 러시아 장병들이 쓰러지고 있었다.

적진지를 기총으로 휩쓴 노백린이 바닥에 부딪히기 전에

기수를 들어올렸다.

그리고 산의 능선을 따라 고도를 높이며 고공으로 올라가 다시 기총 소사를 벌이려고 했다.

그때 능선 끝자락에서 순간적으로 러시아 극동군 지휘부를 발견하게 됐다.

쿠로팟킨의 시선과 노백린의 시선이 마주쳤다.

번개가 치는 시간보다 짧은 시간 사이에서 무수한 생각이 일어났다.

그리고 노백린이 빠르게 조종간을 꺾었다.

'찾았다! 저기가 지휘부로군!'

기수가 급격히 꺾이면서 전투기의 기총 조준점이 러시아 지휘부로 맞춰졌다.

날아드는 전투기를 보고 극동군 장교들이 숨을 삼켰다.

'이런!'

'신이시여……!'

죽음을 피할 길이 없다고 생각했다.

그런 러시아 지휘부를 향해서 노백린이 조종간의 방아쇠를 당기자 전투기 기총에서 불꽃이 터졌다.

총탄을 맞은 장교들이 피와 살을 터트리면서 쓰러졌다.

그러나 쏟아지는 총탄은 끝내 쿠로팟킨에게 이어지지 못했다. 노백린이 기수를 꺾으면서 극동군 지휘부 옆으로 비켜났다.

'망할! 총알이 모두 소진됐어!'

아쉬운 눈길이 쉽게 떨어지지 않았다.

그러나 총탄이 모두 소진된 상태에서 적 지휘부를 공격할 수도 없었다.

기수를 돌려 산해관으로 향할 수밖에 없었다.

"어차피 네 놈들은 죽을 거야. 나 말고 너희들을 죽일 사람들은 얼마든지 있으니까. 거기서 잠시 기다려."

대기 하고 있는 조선 육군이 보였다.

그들의 머리 위로 참호 공격을 마친 나머지 전투기들이 합류했다. 조선 육군은 수신호로 철수한다는 명령을 조종사들에게 보냈다. 멀어지는 전투기들을 보고 쿠로팟킨이 가슴을 쓸어내렸다.

"헉! 헉!"

"사령관님! 괜찮으십니까?!"

"그…그래…! 괜찮아……!"

"세상에… 참모장님……!"

작전보좌관이 쿠로팟킨을 챙겼다.

쿠로팟킨 옆에 총탄을 맞은 참모장이 쓰러져 있었고 그의 머리 반쪽은 이미 사라져 있었다.

안전할 줄 알았던 극동군 지휘부가 폭풍에 휩쓸렸다.

총격을 피한 장교들은 그것보다 더한 화염 폭풍이 몰아닥칠 줄 몰랐다.

그저 전투기들에게 환호를 보내는 조선군을 멀리서 볼 뿐이었다.

"멋지다!"

"수고했어!"

"와아아아~!"

돌아가는 전투기들을 보면서 조선군 장병들이 환호를 보냈다. 한 조종사가 기체를 기울여서 팔을 꺼내서 흔들었다. 육군 장병들에게 인사를 하고 철수하는 것처럼 보였다. 그러나 절대 인사가 아니었다.

그는 노백린으로 갈석산을 향해서 손가락을 가리키고 있었다. 이주현은 그것이 무슨 뜻인지 이내 파악했다.

그가 짧지만 산 중턱으로 기총 소사를 벌였었다.

주현이 참모장에게 포병 부대의 상태를 물었다.

"포신은 모두 식혔겠나?"

"예! 사령관님!"

"그러면 저기 보이는 저 산을 향해서 포격한다. 아군 전투기가 공격했던 곳에 적 지휘부가 있을 거야. 일제 포격으로 산을 날려 버려라."

"알겠습니다!"

진격을 벌이기 전에 적의 머리부터 치려고 했다.

주현의 지시가 각 포병 부대로 전해졌다.

관츠 소대의 좌표를 받은 계산병들이 빠르게 포 각을 산출해 포반으로 제원을 할당해 갈석산을 조준했다.

천둥 삼식의 포구가 높이 들어 올라갔다.

"편각 242도 33분! 사각 37도 05분! 장약 7호!"

"장약 7호!"

"전포대 사격 준비!"

적기를 든 포대장을 따라 포반장들이 적기를 들었다. 그리고 함께 휘둘렀다.

"쏴!"

뻐버벙!

"차탄 장전!"

천둥이라는 이름값을 하며 하늘이 크게 진동했다.

다시 굉음이 일어나면서 창공이 찢어졌고 포성과 굉음을 들은 러시아군이 아우성 쳤다.

참호 속에서 버티는 것만이 최선이었다.

"적 포격이다! 고개를 들지 마라!

"밖으로 나가면 무조건 죽어!"

"빌어먹을!"

이번에는 죽지 않고 살아남을 수 있을까라는 생각이 들었다. 살아남더라도 팔이나 다리 한쪽이 없는 불구가 되지 않기를 빌었다.

포탄이 지나가는 굉음을 듣고 눈을 질끈 감았다.

1분이 못 되지만 1년 같이 길게 느껴지는 시간이 지나가기를 기다렸다. 그리고 폭음을 들었다.

크게 폭발이 발생하면서 참호 속에 있던 러시아 장병들이 대지가 크게 흔들리는 것을 느꼈다.

그때 어떤 이가 크게 소리치면서 장병들이 감고 있던 눈을 뜨게 만들었다.

"지휘부다!"

"사령관님께 포격이 날아들었어!"

"······?!"

그들이 위치한 참호를 향해 포격이 이뤄지지 않았다.

훨씬 후방에 위치한 갈석산을 향해서 조선군의 포격이 날아들었다.

그리고 산의 많은 부위가 패인 것을 보게 됐다.

다시 천둥소리가 일어났다. 조선군이 두발 째를 쏘면서 다시 하늘에서 굉음이 일어났다.

쿠로팟킨이 있는 갈석산이 무너지고 있었다.

콰콰쾅!

"사령관님!"

"맙소사……!"

쿠쿵! 쿵!

"……."

산의 바위가 쏟아져 내리는 소리가 들렸다.

그리고 그곳에 있던 어떤 사람과 동물도 살아남지 못할 것 같았다. 갈석산에서 검은 연기가 피어오르는 것을 사람들이 보았다.

1군 참모장이 이주현에게 보고했다.

"적 지휘부를 궤멸시켰습니다. 이제 후퇴 명령조차 적은 제대로 받을 수 없을 겁니다."

"후퇴를 하지 않아도 도주는 벌어지게 될 거야. 싸워서 이길 수 없다는 생각이 들게 되면 말이지. 마지막 일격을 가해야겠어."

"예. 사령관님."

"각 군단에 진격 명령을 전해."

"알겠습니다!"

포격과 폭격을 벌이고 지휘부를 날린 뒤 드디어 진격 명령이 떨어졌다.

공격선에 대기하고 있는 조선군과 참호를 최후의 희망으로 삼는 러시아군과의 거리는 15km였다.

걸어서는 3시간이었고 뛰어서는 못해도 한시간이 걸리는 거리였다.

그 거리를 단번에 달릴 무기가 준비되어 있었다.

개전 전에 근위 1사단장으로 취임한 지휘관이 전차 포탑 위로 올라가서 뚜껑을 열었다.

"시동 걸어! 출진한다!"

직접 전차에 탑승하면서 휘하 장병들에게 시동 명령을 내렸다. 줄 지어 서 있던 전차와 장갑차에서 일제히 시동이 걸렸다. 배기구에서 검은 매연이 뿜어져 나오면서 육중한 엔진에 힘이 더해지기 시작했다. 그 모습을 1군 지휘부의 보호를 받는 기자들이 멀리서 보았다.

"저게 뭐야……?!"

"시동이 걸린게 자동차 같아!"

"저걸로 고려군이 뭘 하려는 거지?"

보기에는 트랙터나 불도저처럼 보였다.

하지만 그것이 조선군의 핵심 병기라는 것을 아무도 모르고 있었다. 출진 준비를 마친 근위 1사단장이 전방을 향해서 검지를 뻗었다.

"적진을 돌파한다! 쾌속 진격하라!"

"예! 장군!"

안중근이 근위 1사단으로 전차와 장갑차로 이뤄진 기갑부대를 이끌었다.

전차마다 무전기가 장착되어 있었고 그의 명을 따라서 수백대의 장갑 차량이 달리기 시작했다.

근위 1사단장인 안중근을 1기갑여단장인 신태호가 따르고 있었다. 그리고 휘하의 3전차중대를 지석규가 지휘하고 있었다. 조선의 영웅들이 일제히 달려 나갔다.

먼지구름을 일으키는 전차와 장갑차들을 보면서 1군단장도 진격 명령을 내렸다.

박승환이 보병 부대에게 명령했다.

"보병도 진군하라! 전선을 적에게 몰아붙인다! 투항하지 않는 적은 모조리 사살하라!"

이어 3군단과 7군단도 진격 명령을 받고 움직이기 시작했다. 수십 km에 달하는 전선에서 조선군의 총공격이 벌어졌다. 일부 사단은 포격과 폭격 도중에 준비된 수송차를 타고 근위 1사단의 뒤를 따랐다.

포터르기니의 무얼실을라고와 포드모터스의 애리조나에 3군단에 속한 보병 5사단 장병들이 올라타서 이동하기 시작했다.

5사단의 8연대를 홍범도가 지휘하고 있었고 그 아래 2대대와 2중대를 각각 서일과 김좌진이 지휘했다.

김좌진이 함께 탄 장병들에게 말했다.

"기갑부대가 미리 적을 깨부숴 놓겠지만 긴장을 놓지 마

라. 총알 한 방이면 누구든지 죽을 수 있으니까. 알겠나?"

"예. 중대장님."

"사주경계를 철저히 하라."

"예!"

전황이 유리하든 불리하든 경계의 끈을 놓지 않아야 했다. 그리고 그것은 전차와 장갑차를 운용하는 장병들도 마찬가지였다. 포수가 조준경을 통해 적진을 살피고 있었고 각 차장은 포탑 위로 머리만 조금 내밀어 놓고 주위를 살폈다. 그리고 참호속의 러시아 장병들이 조선군의 진격을 목격했다. 대지가 진동하면서 장병들 사이에서 공포감이 조성됐다.

"저게 뭐야?!"

"괴…괴물이다!"

"괴물이 아냐! 세상에 그런게 어디에 있어!"

"놈들의 신무기가 분명해! 전투 준비! 놈들에게 소총과 기관총을 조준해! 어서!"

조선군이 진격을 시작한지 30분도 걸리지 않았다.

먼지구름을 일으키면서 달려온 맹호 전차가 러시아군 앞에 이르렀다. 그리고 육중한 차체를 멈춰 세웠다.

멈춰선 전차를 향해 러시아군이 소총을 쏘기 시작했다.

"사격 개시!"

"저 놈을 해치워!"

탕! 타탕!

타타타탕! 타타탕!

"이럴 수가!"

총격이 전혀 먹혀들지 않았다. 기관총으로 괴물처럼 보이는 전차를 향해서 쐈지만 두꺼운 장갑에 불꽃이 일어나는 것만 확인했다. 그때가 되어서야 앞에 선 것이 무엇인지 조금이나 알게 됐다.

"차다!"

"장갑을 두르고 있어!"

"참호를 뚫으려고 저런 것을 준비하다니……!"

하지만 전부를 알아낼 수는 없었다.

세상에 전차와 장갑차가 알려진 적이 없었다.

러시아군이 그것들과 처음으로 대적하고 있었다.

전차에 탑재된 90mm 구경의 포가 움직였다.

안에 타고 있는 포수가 조준경의 좌우 거울을 조작해서 상이 일치되는 각도를 확인했다.

그것을 통해 거리를 확인하고 포구의 조준점을 조정했다. 준비가 되자 전차 무전기에서 지휘관의 목소리가 울려 퍼졌다.

―쏴!

지석규의 외침이 울려 퍼졌고 그가 지휘하고 있는 전차들이 일제히 포성을 일으키고 들썩였다.

그리고 폭음이 울려 퍼졌다. 참호를 지키던 러시아 병사가 흔적도 없이 사라졌다.

현대전을 관통하는 전차의 역사가 바뀌고 있었다.

인류 역사상 최고의 변수

"맙소사……!"

"지금 대체 무슨 일이 일어나고 있는 거야……?"

"큰 트랙터들이 달려가서 러시아 참호를 박살내고 있어……."

"참호를 쌓은 군을 상대로 이렇게 싸울 수 있다니……."

"고려가 저런 무기를 준비한 줄 몰랐어. 저 무기가 유럽에 있었다면 벌써 전쟁이 끝나도 끝났을 거야……."

"참호전술이 이렇게 무너지다니… 세상에……."

포성이 계속해서 울려 퍼지고 있었다.

앞으로 달려 나간 전차들이 마치 야포를 쏘는 것처럼 전차포를 쏘았다.

그리고 외국 기자들이 그 모습을 지켜보고 있었다.

조선군의 모든 군사력을 확인하고 어쩌면 유럽에 조선이 있었다면 대전이 이미 바뀌었을 것이라는 생각을 하게 됐다.

계속해서 포성이 일어나고 있었다.

—쏴!

뻥!

—동축기관총도 발포해라!

—예! 중대장님!

—사격!

전차포 옆에 기관총이 탑재되어 총구가 튀어 나와 있었다.

총구가 움직이면서 참호에서 고개를 내민 러시아 장병들에게 총격을 가하기 시작했다.

그러면서 다시 포성이 발생했다.

—쏴!

귀를 찢을 정도로 큰 파열음과 함께 참호 주변의 땅을 공중으로 솟구치게 만들었다.

흙더미와 함께 휩쓸린 러시아 장교가 산산조각이 되어 하늘에서 떨어졌다.

살점을 뒤집어 쓴 러시아군이 겁에 질렸다.

"히이익! 주…죽기 싫어!"

"으아아아!"

살고자 하는 생각에 전우와 진지를 내팽개치기 도망치는

172

병사가 생겨났다.

그리고 그 수는 한 둘이 아니었다.

여러명이 동시에 도망치자 부대에 대한 통제가 상실되고 있었다.

그것은 전 부대에 이르렀다.

장교들이 병사들과 함께 도주하기 시작했다.

"도망쳐! 어서!"

지시가 떨어지자 더 이상 무기를 쥐어야 할 이유가 없었다.

어떤 이는 교통호를 따라서 움직였고 어떤 이는 그 위로 올라가 전력을 다해 도망치기 시작했다.

그리고 도망치는 적을 조선군은 항복한 적으로 간주하지 않았다.

―백기를 든 자만 살려라!

안중근이 무전기를 통해서 명령을 내렸다.

그리고 도주 장병들을 향해 전차포격을 가하고 차장들이 포탑의 기관총을 잡고 방아쇠를 당겼다.

한 칠식 중기관총을 안중근이 직접 잡고 총격을 가했다.

그리고 도주하던 러시아 장병들이 쓰러지면서 전장에서 어느 누구도 쉽게 벗어날 수 없다는 것을 알려줬다.

다시 포탑으로 들어온 안중근이 무전 마이크를 잡았다

"전 차량! 참호를 건너라!"

예! 장군!

명령을 내리자마자 안중근이 운전수에게 진격 명령을 내

렸다.

일개 사단을 이끄는 장수가 직접 선봉이 되어 적의 참호를 건넜다.

그로 인해 휘하 장병들의 사기가 폭발했다.

―장군께서 앞장서신다!

―뭣들 하는가! 어서 진격해서 참호를 건너!

―장군님과 함께 싸울 수 있다는 것을 영광으로 생각해라!

조선군은 한 치 주저함과 두려움 없이 참호를 건넜다.

그리고 방어선을 돌파한 맹호 전차를 보고 러시아군이 급속도로 무너졌다.

마지막까지 싸우려 하던 자들도 소총을 버리고 도망치기 시작했다.

그들을 향해 포격과 총격이 이뤄지고 이어 현무 장갑차들이 들어와서 후문을 열고 병력을 토해냈다.

하차한 장병들이 참호를 점령하기 시작했다.

"적진을 점령하라!"

"무기 내려놓고 두 손 들지 않으면 모조리 죽여!"

"기관총 사격 개시!"

드드드드득! 드드드득!

"계속 쏴라!"

참호 위에 놓인 한 육식 기관총이 전기톱 같은 총성을 일으켰다.

그리고 반자동 소총인 한 삼식 소총과 기관단총인 한 오식 기관단총이 저마다의 총성을 일으키기 시작했다.

러시아군은 싸우기를 포기했다.

참호를 돌파하고 적진으로 진입한 조선군이 일방적인 전투를 벌이면서 세상을 크게 놀라게 했다.

수송차를 타고 뒤따른 보병 5사단도 하차해 참호를 점령하고 적을 사살하기 시작했다.

도망이 불가능했고 그것을 느낀 러시아 장교가 크게 소리를 질렀다.

"제길! 무기 버리고 두 손을 올려! 이러다가 모두 죽는다! 어서!"

투항만이 살 길이라고 생각했다.

그것도 명확하게 의사를 표현해야 된다고 생각했다.

장교의 외침을 따라 주위 장병들이 무기를 버리고 손을 올렸다.

그들에게 총탄이나 포탄은 나라들지 않았다.

그들을 보고 다른 러시아 장병들도 투항을 벌였다.

소총을 든 김좌진이 간단한 러시아 말로 경고를 보냈다. 두 눈에 살기가 가득했다.

"움직이지 마라! 그렇지 않으면 죽을 것이다! 그대로 가만히 있어!"

통역병이 올 때까지 포로들을 겁박했다.

그리고 통역병이 오자 본격적으로 포로들에게 좌우로 가라고 말하면서 지시를 전하기 시작했다.

두시간이 지나자 보병들이 와서 진지를 점령했다.

그리고 사로잡은 포로들을 한곳에 모았다.

본진에서 출발한 이주현이 적진에 도착했다.

"사령관님."

박승환이 안중근과 함께 경례했다.

그리고 주현이 경례를 받아주고 피해 상태를 물었다.

"사상자는?"

박승환을 대신해 1군단 참모장이 알려줬다.

"전사자는 전무합니다. 부상자는 열두명입니다. 한번 더 확인해야겠지만 현재로써는 그렇습니다."

"전의가 꺾인 상태에서 적이 제대로 싸우지 못한 모양이 군."

"예. 사령관님."

"전장 수습을 위한 포로들만 남기고 모두 후송한다."

"알겠습니다."

직후 3군단과 7군단의 보고가 주현에게 전해졌다.

두 군단의 피해 또한 전사자 전무에 부상자만 10여명이 었다.

압도적인 대승을 거두고 러시아군의 참호전술을 완전히 깨버렸다.

보고를 받은 주현이 다시 명령을 내렸다.

"7군단은 남고 3군단은 천진, 1군단은 북경으로 향한다! 이를 각 사단장들에게 전해!"

"예! 사령관님!"

행여 적 수뇌가 도주해서 중국을 샅샅이 뒤지는 고생을

벌이지 않고자 했다.

적이 미리 방비하거나 숨어버리는 것을 막기 위해 최대한 신속하게 진격하려고 했다.

탄약을 실은 수송차가 산해관과 육군 1군 사이를 오갔다.

몇 개 되지 않는 도로를 통해 탄약을 보급하고 전차포탄을 새로 채워 넣은 기갑 부대가 다시 시동을 걸고 서쪽으로 질주하려던 중이었다.

안중근이 전차에 탑승해서 선두에서 명령을 내렸다.

"북경으로 진격한다! 나를 따르라!"

먼지구름을 일으키면서 기갑 부대가 움직이기 시작했다.

이어 보병 5사단 병력이 수송차에 몸을 실었고 나머지 보병들은 잠깐 휴식하다가 이내 행군하며 천진과 북경을 향해 진군했다.

러시아군을 상대로 대승을 거둔 사실이 후방 부대를 통해서 한양으로 전해졌다.

군부대신인 유성혁이 장성호와 함께 협길당으로 향했다.

이희가 보고를 받고 크게 기뻐했다.

"전사자가 한명도 없다고?!"

"예! 폐하!"

"세상에 그런 전투가 있나?! 짐에게 그런 전과를 믿으란 말인가?!"

"사실입니다! 아군이 피해 전무한 결과로 압승을 거뒀습니다! 부상자도 돌격 도중에 미끄러져서 다치거나 한 장병들이 다수입니다! 정말로 아라사 대군을 상대로 크게 이겼습니다!"

"오오! 이런 일이! 이렇게 다행스러울 수가! 참으로 감사하오! 감사하오! 하하하하!"

고개를 든 이희가 마치 하늘을 보듯이 천정을 향해 팔을 벌리고 웃었다.

러시아군을 상대로 이길 줄은 알고 있었지만 전사자가 전무할 줄은 누구도 예상하지 못했다.

보고를 전한 장성호와 서로 쳐다보고 웃는 유성혁도 고개를 절레절레 흔들었다.

기적 같은 일이 벌어졌다. 그리고 그 기적은 만반의 준비에서 이뤄진 일이었다.

러시아군을 상대로 쓰인 무기는 절대 평범하지 않았다.

세 사람이 그것을 알고 있었고 특히 장성호와 유성혁은 어떤 시대에서 나타나야 하는 무기인지 알고 있었다.

'역시, 패튼 전차입니다. 초기 90mm 구경의 전차포에 레이저 거리 측정도 안 되지만 적어도 이 시대에서는 오버하이테크 무기입니다.'

'M113장갑차도 말이지. 조금 큰 폭탄을 달 수 있게 만든 와일드캣도 마찬가지야. 아마도 20년 동안은 국방을 걱정하지 않아도 돼. 그 후에 다시 신무기를 만들겠지만 말이

야.'

한 시대를 풍미했던 무기들이었다.

1950년대에 개발되어 60년대를 주력으로 활동했던 전차와 장갑차였다.

그리고 함재기로도 쓸 수 있는 와일드캣은 40년대 2차 세계대전 기간에 선회력이 매우 뛰어났던 전투기 중 하나였다.

조선 공군에선 '보라매'라고 불렸다.

최소 25년 혹은 40년을 앞선 무기들로 무장하고 있었다.

그리고 그들 무기가 최초로 세상에 모습을 드러내면서, 그들의 등장을 예상하지 못했던 러시아군에게 크게 충격을 가했다.

아마도 조선군의 피해가 전무한 것은 러시아군이 너무나 큰 충격을 받아 싸우기를 포기하고 항복하거나 도망쳤기 때문이라고 생각했다.

두려움과 공포로 인해 사고가 마비되면서 얻어낸 큰 승리였다.

크게 만족하며 이상적인 결과를 받아들이게 됐을 때 이희가 유성혁에게 군의 진격 상황을 물었다.

전쟁이 언제 끝나는지 궁금했다.

"북경엔 언제 진격하는가?"

"이미 진격해서 교전을 시작했을 수도 있습니다."

"아라사로도 진격하게 되는가?"

"항복 선언이나 평화협정을 위한 협상을 치르자고 나올 때까지 진격할 겁니다. 최소한 몽골 북쪽의 바이칼 호수까지는 진격을 벌일 것입니다. 그 이상은 유럽의 상황이나 외교 상황을 놓고 판단할 것입니다. 아마도 영길리나 불란서가 서진을 반대할 가능성이 높습니다."

"독일을 함께 상대하는 협상동맹이 무너지기 때문에?"

"예. 폐하. 그리고 보급로를 생각하셔야 되는데, 아라사가 건설했던 철로가 유일한 보급로일 것입니다. 하지만 아군이 서진을 벌이면 아라사가 철로를 파괴할 것이고, 결국 만 리가 넘는 거리의 보급로를 우리가 마련해야 됩니다. 그 일은 미리견이더라도 쉽지 않습니다."

유성혁에 이어 장성호가 말했다.

"일단은 조선이 유럽 열강 제국을 상대로 이겼다는 것이 중요합니다. 특히나 육군 강국인 아라사를 상대로 압도적으로 이긴 것은 영길리나 불란서가 조선을 더욱 새롭게 보는 일이 될 겁니다. 전장으로 향한 외국 기자들이 우리가 가진 국력이 어느 정도인지 알려줄 겁니다."

박람회를 통해 동양인도 서양인에 못지않다는 것을 알렸다.

그것이 마른 장작에 불을 붙인 거라면 러시아를 상대로 이긴 것은 기름을 쏟아 붓는 것과 같았다.

더 이상 한 줌의 인종차별도 용납하지 않으려고 했다.

승전에 이희가 만족하면서 고개를 끄덕였다.

"차근차근 하도록 하지. 나아갈 수 있으면 나아가고 그렇지 못하다면 멈추도록 하라. 무리하지 않는 선에서 최대한의 정의와 국익을 이루도록 하라."

"황명을 받들겠습니다! 폐하!"

이희의 조치가 각 부에 전해졌다.

그리고 그가 받은 보고가 한양이 아닌 북경으로도 전해졌다.

* * *

보고를 받은 원세개가 눈두덩을 움찔거렸다.

"지금… 뭐라고 했나……."

"아라사군이 조선군에게… 대패를……."

"그러니깐 그놈들이 왜 대패를 해?! 조선이 아라사를 어떻게 이기냐고?! 짐을 상대로 감히 허위사실을 전하는가?!"

"허…허위사실이 아닙니다! 폐하!"

"그러면!"

"정말로 아라사군이 조선군에게 패했습니다! 아라사 극동군 사령관인 쿠로팟킨 원수가 전사했다고 합니다! 지금 조선군이 북경으로!"

그아아앙!

"……?!"

"무, 무슨 소리인가?! 방금 밖에서 난 소리는……?!"

"조, 조선군이 이미 이른 것 같습니다……."

북경 하늘에서 벌떼 소리가 들렸다.

그 소리에 이성을 잃었던 원세개가 제정신을 차리고 급히 발걸음을 옮겼다.

그가 정전으로 삼은 태화전 밖으로 나가 하늘을 올려다봤다.

그리고 하늘을 메운 맹금류들을 발견하게 됐다.

보라매가 북경 하늘을 돌고 있었다.

하늘에서 지상의 적군이 손바닥처럼 보였다.

'저기로군!'

요서에서 재출격 해 북경 상공에 도착한 노백린이 보라매 전투기의 기수를 꺾었다.

그리고 자금성을 지키는 원세개의 북양군을 향해서 폭탄을 투하했다.

쾅! 하는 소리와 함께 자금성에 있던 사람들이 움찔하고 쓰러졌다.

폭격이 이뤄진 곳 주위에서 비명소리가 난무했고 그것을 들은 사람들이 덜덜 떨기 시작했다.

정전 밖으로 나온 원세개가 떨리는 시선으로 하늘을 쳐다봤다.

"저게… 대체… 뭐란 말인가……?"

신하 중 한 사람이 원세개에게 말했다.

"전투기입니다! 서양의 전쟁에서 쓰는 병기를 조선군이 쓰고 있습니다!"

"……?!"

"다시 이쪽으로 옵니다!"

"피해라!"

전투기 중 한 기가 내리꽂히듯이 달려들었다.

그리고 기체 하부에서 폭탄을 떨어트렸다.

그 폭탄은 원세개로부터 비교적 가까운 북양군 근위대에게 날아가 크게 폭발을 일으켰다.

폭발이 일어날 때 원세개가 바닥에 엎드렸다.

머리에 쓰고 있던 군모가 벗겨지는 것조차 몰랐다.

그가 일어섰을 때 등 뒤에서 신음소리가 났다.

"내 다리……!"

"크윽…! 으으윽……!"

"…….."

검게 그을린 병사가 폭발에 떨어져 나간 다리를 붙잡고 고통스러워했다.

그런 병사를 보면서 원세개는 자신을 더욱 소중히 여겼다.

쓰러진 병사들을 내팽개치고 기겁하면서 태화전으로 들어가려고 했다.

그때 신하인 엄복이 그의 옷자락을 붙잡았다.

"폐하!"

"노…놓아라…! 히익!"

"신이 안전한 곳으로 폐하를 모시겠습니다! 신을 따라와 주소서!"

"……!"

유일하게 믿을 수 있는 사람들이었다.

겁에 질린 원세개가 동아줄을 잡듯이 엄복의 소매를 붙들었다.

그리고 양탁을 비롯한 대신들을 따라서 움직였다.

황태자가 되길 원했던 그의 자식을 신경 쓸 겨를이 없었다.

그렇게 중화제국의 최후가 눈앞에 이르렀다.

자금성 안쪽 작은 건물에 청 황제였던 어린 부의가 하늘을 보고 있었다.

그리고 북경과 자금성을 폭격하던 전투기들이 다시 조선의 하늘로 기수를 돌렸다.

돌아가기 직전에 종이 한 다발을 하늘에 뿌렸다.

울며 겨자 먹기로 원세개를 따르게 된 북경 백성들이 밖에 나와 있었다.

"뭐, 뭐야…? 저것은……?!"

"꽃종이야?!"

"아니야! 격문이 하늘에서 뿌려지고 있어! 하늘에서 명이 떨어지고 있어!"

백성들은 전투기들이 자금성을 폭격하던 모습을 밖에서 구경했다.

폭격 장면을 구경하면서 크게 충격을 받았고 북경 백성들은 그것이 원세개에게 내리는 하늘의 천벌이라고 여겼다.

비행기가 전쟁 병기로 쓰이는 것을 아는 사람은 그리 많지 않았다.

때문에 처음에는 보라매 전투기들이 뿌린 격문이 하늘에서 내리는 천명이라고 생각했다.

그러나 이내 조선군의 알림이라는 것을 알게 됐다.

안에 조선군이 북경 백성들에게 전하는 말이 쓰여 있었다.

북경 백성들에게 전한다.

첫째. 아라사군은 조선군에게 패해서 궤멸했다.

둘째. 원세개는 반드시 벌을 받을 것이며 그를 따르는 자들도 반드시 처벌을 받는다.

셋째. 곧 북경에 조선군이 이를 것인 즉, 절대 대적하지 말며 건물 안에서 기다려라.

넷째. 이 격문을 뿌린 전투기는 조선군의 병기인 즉, 놀라지 마라. 조선은 서양을 뛰어넘는 최고의 무기를 보유하고 있다.

다섯째. 중국 정부는 중화민국 정부만이 유일하게 인정된다.

격문을 보고 북경 백성들이 깨달았다.

"조선군이야!"

"조선군이 곧 진격해올 거야!"

"빨리 집안으로 피해야겠어!"

신속히 건물 안으로 피해 총격 사이에 껴 있는 불상사를 피하려고 했다.

그리고 북경 백성들의 대피가 이뤄지는 동안 외곽에서 포성이 일어나고 폭음이 크게 울려 퍼지기 시작했다.

방어선을 펼친 북양군을 향해서 맹호 전차가 불을 뿜고 있었다.

전차를 처음 목격한 장병들이 경악했다.

"저…저걸 어떻게 상대해야 돼……?!"

"이쪽이다! 화포가 이쪽으로 향했어!"

뻥!

콰쾅!

"크아악!"

총알은 먹히지 않았고 일방적으로 포격당하며 분쇄되고 있었다.

결국 버티다 못한 북양군 장병들이 도주하기 시작했다.

"도망쳐!"

"여기 있다간 모두 개죽음 당할 거야!"

쾅!

"으악!"

참호와 장애물로 구축된 진지를 버리고 달아나기 시작했다.

그 모습을 전선 가까이에 있는 안중근이 보고 있었다.

후방에서 보병 사단이 도착했고 병력이 하차하는 것을 봤다. 직후 진격 명령을 내렸다.

"자금성까지 진격한다! 나를 따르라!"

무전기에서 안중근의 목소리가 울려 퍼졌다.

북양군을 맹공격하던 근위 1사단이 움직이기 시작했다.

수송차를 타고 온 보병 5사단이 근위 1사단의 빈자리를 채웠고, 지도를 펼친 안중근이 자금성을 향해 전차와 장갑차들을 이끌었다.

자금성으로 진격하는 동안 북경 거리는 마치 소개된 것처럼 고요했다.

천안문에 이르렀을 때 성문을 지키는 북양군과 마주하게 됐다.

굳게 닫힌 천안문 누각에서 당황한 북양군이 바삐 움직였다.

전차 안에서 그것을 지켜보던 안중근이 무전기를 잡았다.

전차를 일렬로 세우고 포격을 지시했다.

"성문을 부수고 주위의 적을 제거하라. 천안문을 돌파한다."

—예! 장군!

"쏴!"

일렬로 선 전차들이 성문을 향해 전차포를 쐈다.

누각과 주위 다른 성벽을 향해 포격을 가하면서 성벽을 무너뜨렸고 그 위에 있던 북양군을 흩어지게 만들었다.

천안문의 누각이 반파되어서 무너졌다.

외부의 침입을 막을 단단한 철문은 포탄을 맞고 넝마가 되어 좌우로 흔들렸다.

그것을 안중근이 탄 전차가 그대로 밀고 들어갔다.

대형화물차가 지날 정도로 큰 성문을 근위 1사단의 전차와 장갑차들이 차례대로 들어갔다.

그리고 안으로 피신해 있던 북양군과 옛 청나라 내관들을 발견했다.

한쪽 건물에 북양군이 몰려 있는 것을 보고 안중근이 전차포 사격을 명령했다.

"쌰!"

포성을 크게 일으키면서 북양군이 있던 곳을 그대로 날려 버렸다.

포격을 받은 장병들이 핏덩이가 되었고 그 모습을 본 다른 북양군은 도망칠 생각조차 하지 못하게 됐다.

그대로 주저앉아 오줌을 지리는 자들도 있었다.

적의 전의를 무너뜨리고 자금성을 점령하기 시작했다.

안중근이 장갑차의 보병들에게 하차 명령을 내렸다.

"하차해서 자금성을 점령한다! 원세개의 깃발을 내리고 중화민국기와 태극기를 높이 걸어라! 무기 든 자와 반항하는 자는 망설이지 말고 사살하라!"

―예! 장군!

"원세개를 빨리 찾아야 한다!"

알겠습니다!

명령을 내리고 포탑의 뚜껑을 열고 밖으로 나왔다.

그리고 뒤에서 쏟아져 나오는 기계화 보병의 엄호를 받았다.

직접 소총을 들고 위풍당당하게 태화전으로 향했다.

검지를 들고 직접 소부대의 진격로를 알렸다.

그를 노리는 저격수가 있었다.

탕!

"괜찮으십니까?!"

"그래."

먼저 소총으로 저격수를 쏴서 죽였다.

순간 걱정했던 장교들은 장군이 되어서도 사격 실력을 보이는 안중근을 보고 대단하다고 생각하며 그를 경외했다.

자금성으로 들어오지 못한 전차대대와 장갑차 대대가 순식간에 자금성 주위를 포위하고 인마가 오가지 못하도록 막았다.

안에서는 기계화 보병이 밀물처럼 담과 전각 사이를 헤집으면서 수색과 점령을 벌여나갔다.

자금성 북쪽 안쪽의 곤녕궁에 안중근과 조선 기계화 보병들이 이르렀다.

궁으로 들어가는 문을 부수고 진입해서 놀란 궁녀들을 진정시키고 수색을 벌이기 시작했다.

그때 한 아이가 안중근의 눈에 들어왔다.

"청 황제 부의……."

황룡포를 입은 어린아이가 있었다.

그리고 아이와 놀아주는 작은 아이가 더 있었고 뒤에서 두 아이를 지켜보는 여인이 있었다.

여인이 당황한 모습으로 달려와서 숨기듯이 아이들을 끌어안았다.

안중근이 통역병을 통해 이야기를 전했다.

"우리는 원세개와 중국 반란군 수뇌를 찾고 있소. 혹시 알고 있다면 알려 주겠소?"

"……."

"청 황실에는 어떠한 반감도 가지지 않았소."

위해를 가하지 않을 것이라는 것을 알리고 차분한 어조로 정중하게 요구했다.

그러자 부의를 품은 태후가 주위를 살피면서 검지를 들었다.

이미 조선군이 점령하고 전쟁조차 이겨서 원세개와 그를 따르는 무리들을 겁을 낼 이유가 없었다.

"저쪽일세……."

그녀가 가리킨 방향으로 안중근의 눈동자가 옮겨졌다.

그리고 발걸음이 빠르게 움직였다.

그와 함께 움직이는 장병들도 반자동 소총을 들고 움직였다.

문 하나를 지나서 조금 넓은 마당으로 나와 원수들을 만났다.

원세개와 중화제국 태자인 원극정이 포박되어 있었다.

그리고 두 사람의 관자놀이로 권총이 조준되어 있었다.

양탁과 엄복, 호영을 비롯한 칭제를 부추겼던 대신들이 원세개를 인질로 잡았다.

"네놈이 감히 어떻게 짐을……!"

"조용히 하십시오…! 이 길만이 살 길입니다…! 신들을 믿어주십시오……!"

"……!"

발버둥치는 원세개를 양탁이 진정시켰다.

그의 작은 목소리는 안중근과 조선군 장병들에게 들리지 않았다.

엄복이 큰 목소리로 안중근에게 경고를 전했다.

"중화제국 황제를 법정에 세우길 원하나?! 그렇다면 길을 열어줘야 할 것이다!"

"포위를 풀지 않으면 원세개가 죽을 것이다!"

"…….."

엄복과 대신들의 외침에 안중근이 미간을 바짝 끌어당겼다.

장병들이 흩어져서 사방에서 대신들을 조준한 가운데, 원세개는 행여 자신의 몸에 총알이 박힐까 두려워하며 식은땀을 흘렸다.

그리고 대신들은 문명국이 된 조선이 함부로 원세개를 죽이지 않을 것이라고 생각했다.

반드시 법정에 세워 처벌할 것이라고 여겼다.

'세상의 어느 나라도 군주를 즉결심판하지 않는다!'

'조선이라면, 원세개의 신병을 얻기 위해서라도 길을 열어줄 거야!'

'더 이상 미개한 짓을 벌이지 않을 것이다!'

자신들의 예상이 맞을 것이라고 생각했다.

그래야만 했다. 그렇지 않으면 모든 것을 잃을 수밖에 없었다.

원세개를 인질로 삼고 협박하는 대신들 앞에서 안중근은 요지부동이었다.

단단한 마음으로 장병들에게 명령했다.

"절대 길을 열어주지 마라."

"예! 장군!"

조선군이 길을 열지 않을 것이라는 것을 눈치챘다.

그로 인해 대신들이 당황했다. 낭떠러지로 떠밀리는 셈이었다.

"길을 열지 않는가?! 열지 않으면 원세개와 원극정을 죽이겠다! 어서 비켜!"

"……."

"빌어먹을……!"

탕!

"……?!"

총성이 울려 퍼지며 대신들이 붙들고 있던 원극정의 머리 한쪽이 떨어져 나갔다.

관자놀이의 총격으로 원극정이 비명도 못 지르고 횡사했다.

그 모습을 보고 원세개가 울부짖었다.

"극정아! 어떻게 이런 일이…! 네 이놈들……!"

"시끄러!"

"네놈들이 어찌 감히 짐의 아들을……!"

"닥쳐! 허수아비 황제 놈! 네놈을 황제로 올린 것은 우리들이지, 네놈이 아니다!"

"……!"

"죽기 싫으면 그 입을 다물어!"

엄복이 크게 소리쳤다.

원세개가 눈에 핏발을 세우고 눈물을 흘렸다.

대신들은 악을 쓰면서 살아남고자 했다.

그리고 안중근에게 다시 경고했다.

"정말로 죽일 수 있다! 당장 길을 열지 않으면 난장판으로 만들겠어! 그러니 어서 길을 열어라!"

"…….''

"어서!"

목소리에 독기가 잔뜩 올라 있었다.

그리고 그의 경고대로 어쩌면 원세개가 죽을 수도 있을 것 같았다.

중화제국 대신들의 만행을 지켜보던 안중근이 소총을 들었다.

대신들이 움찔했다.

"이…이놈?!"

원세개에게 소총을 조준하면서 안중근이 말했다.

"저항하는 반군은 무조건 사살한다. 가급적 적 수뇌를 생포한다. 그러나 생포가 불가하다면 사살해도 상관이 없다. 그것이 우리가 받은 황제 폐하의 명령이고 중화민국군과 맺은 약조다. 착각하는 모양인데, 이 자리에서 네놈들을 모조리 죽여도 우리는 상관이 없다."

"……!"

"그런데 가급적 생포는 할 수 있을 것 같다."

통역병의 통역에 대신들이 혼이 나갈 뻔했다.

그때 안중근의 눈동자가 전각 지붕 위로 향했다. 거기에 검은 그림자들이 있었다.

그림자들의 손에 소총이 들려 있었고 그 소총은 하나씩 원세개를 제외한 대신들에게 향해 있었다.

일제 총성을 일으키며 양탁과 엄복이 쓰러졌다.

탕!

"히익……!"

원세개가 피와 뇌수를 뒤집어쓰고 기겁했다.

그의 관자놀이에 붙어 있던 권총이 떨어지며 원세개는 자신이 살아 있다는 것을 깨닫고 뒤에 쓰러진 대신들을 보았다.

지붕 위의 그림자들과 안중근의 시선이 마주쳤다.

"……"

그림자들에게 안중근이 경례했다. 그리고 그의 경례를 그림자들 중 한 사람이 받아줬다.

고개를 끄덕인 후 이내 자취를 감추자 마당의 장병들이 웅성거렸다.

"설마 특임대인가?"

"그런 것 같아……"

우종현과 대원들이 대신들의 숨통을 끊어 놓았다.

그리고 살아남은 원세개가 포박된 상태에서 기며 자신의 아들에게 다가갔다.

눈 뜬 채로 죽은 아들을 보면서 오열했다.

"태자! 극정아! 네가 어찌! 이리 죽을 수 있단 말이냐…! 아아……!"

자식이 한명만 있는 것은 아니었지만 가장 아끼는 아들이었다.

그런 아들의 죽음에 원세개가 슬픔을 토해내면서 피눈물을 흘렸다.

그를 조선군 장병들이 붙들었다.

"끌고 가라."

"예! 장군!"

생포되어 끌려 나가는 원세개가 몸부림을 치면서 계속 자식의 이름을 부르짖었다.

중화제국은 완전히 멸망했다.

더 이상 중화제국을 상징하는 오색 십자기가 걸리지 않았다.

그 자리를 중화민국을 상징하는 오색선기와 태극기가 대신 차지했다.

안중근이 장병들에게 지시했다.

"죄인을 사로잡았으니 더 이상 싸울 일도 없다! 적과 아군을 가리지 않고 이 사실을 널리 알려라! 그리고 적에게 무기를 버리고 투항하면 최소한 죽음을 면하게 될 것이라는 것을 알려라! 지금부터 주둔군으로 전환한다!"

"예! 장군!"

원세개를 사로잡고 그 사실을 상급 부대로 보고했다.

1군단장인 박승환 중장이 보고받고 이내 1군 사령관인 이주현에게 보고됐다.

주현이 각 군단에 원세개를 사로잡고 중화제국을 세운 반군 수뇌를 처단한 사실을 알리고 남쪽에서 북진중인 호국군과 해병대에게도 사실을 알렸다.

소식을 들은 호국군이 팔을 치켜세우면서 크게 기뻐했다.

"원세개를 사로잡았다!"

"죄인들을 처단시켰어!"

"우리가 이겼어!"

"와아아아아~!"

"중화민국 만세! 조선제국 만세!"

"와하하하!"

온 장병이 얼싸안고 기뻐했다.

그 모습을 채악과 손문이 지켜보며 함께 있던 박정엽에게 감사의 뜻을 전했다.

조선이 중국 국민의 자유와 독립을 찾아줬다.

"고맙습니다! 조선이 아니었다면 원세개의 폭정에 중국 민들이 억압을 당하며 살게 됐을 겁니다! 정말로 감사합니다!"

채악이 박정엽의 신상을 알고 감탄을 전했다.

"조선 1군 사령관이 부인이라고 들었던 것 같은데 맞소?"

"맞습니다."

"나는 여태 살면서 여자가 군을 지휘한다는 것을 본 적도, 들은 적도 없었소. 조선의 천군 중 일부가 여군이라는 이야기를 들었었는데 도저히 믿을 수가 없어서 거짓말이라고 생각했소. 그런데 사실이었구려. 그리고 정말로 위대한 지휘관이오. 그 아라사의 대군을 궤멸시키고 끝내 원세개마저 사로잡아 버리다니, 정말 대단한 부인을 두셨소. 서태후나 한 고조의 황후인 여치가 악녀의 예만 보였는데, 박장군의 부인이 정말로 좋은 예를 보여준 것 같소. 박장군의 부인을 보고 훌륭한 여장부가 있다는 것을 깨닫게 되오."

암탉이 울면 집이 망한다는 속담이 있었다.

그 속담의 끈을 마치 자신의 아내가 끊어낸 것만 같았다.

채악의 칭찬과 감탄에 정엽은 그저 감사하다는 말을 했다.

그리고 그와 손문과 함께 북경으로 향하고자 했다.

손문이 사람들에게 말했다.

"우리도 빨리 북경으로 갑시다. 더 이상 싸워선 안 되고 싸울 이유도 없습니다. 억지로 반군에 가담한 자들에게 아량을 베푸는 겁니다."

그 말을 듣고 감명을 받았다.

용서를 위해 북경으로 진격의 속도를 높였다.

그리고 원세개가 생포된 사실을 그를 따르는 북양군 병사들에게 알렸다.

반군의 투항을 받고 며칠 지나지 않아 북경에 이르렀다.

북경성 관아에서 손문이 이주현을 만나 악수를 나눴다.

그녀를 본 손문이 몹시 반가워했다.

"익히 명성을 들었습니다. 조선에 남자들보다 뛰어나고 훌륭한 여장부가 있다고 들어왔는데 이렇게 뵙게 되는군요. 참으로 영광입니다."

"저야 말로 손선생님을 뵙게 되어서 영광입니다."

"뛰어난 지휘력으로 중국을 구해주셔서 참으로 감사합니다."

허리 굽히기를 주저하지 않았다.

중국 전통의 인사 예법이 아닌, 조선의 방식으로 손문이 주현에게 감사를 나타냈다.

주현은 어쩔 줄 모르며 빨리 손문이 허리를 펴기를 바랐다.

해병대 사령관인 정엽이 함께 있었다.

그와 주현을 보고 손문이 다시 감사를 나타냈다.

"부부가 이렇게 중국을 구한 경우도 드물 겁니다. 우리 국민들은 두분을 계속 기억할 겁니다."

"우리 황제 폐하께서 도우신 것도 기억해주십시오."

"물론입니다. 조선 황제 폐하께서 도와주신 것을 어찌 감히 잊겠습니까? 만대를 이어 널리 알릴 것입니다. 하하하."

졸지에 중국의 영웅이 되었다.

헛웃음을 지으며 정엽이 주현을 보았고 서로 미소를 보였다.

그들은 최소한의 피해로 중화민국을 되살린 사실에 만족했다.

역리를 일으킨 죄인의 미래가 궁금했다.

"이제 원세개는 어떻게 됩니까?"

정엽의 물음에 호국군 사령관인 채악이 대답했다.

"처형당할 것이오."

"재판을 치르지 않고 말입니까?"

"당연히 치르게 될 거요. 그리고 그의 칭제를 선동한 자들 모두가 심판을 받게 될 거요."

이주현이 물었다.

"그의 가족은 어찌됩니까?"

이번에는 손문이 대답했다.

"만주족 청나라 시절이라면 모르겠지만, 중화민국은 문명국입니다. 절대 연좌로 죄를 묻지 않을 겁니다. 제가 그렇게 만들 겁니다."

대답을 듣고 고개를 끄덕였다.

그리고 그와 채악에게 이전에 맺었던 약속을 다시 한번 더 주지시켰다.

원세개를 몰아내기 위해서 많은 민족이 힘을 썼다.

"토번과 신장, 남쪽의 묘족을 포함해서 한족 외에 다른 민족의 독립과 영토를 보장해야 됩니다. 본래대로라면 3

년 안에 정부 수립이 이뤄질 텐데, 약속대로 정부 수립을 지원할 겁니까?"

"물론입니다."

"채장군을 비롯해서 중화민국의 오색기를 상징하는 군벌은 어떻게 됩니까? 이 자리에 없는 단기서 장군의 북양군은 그나마 한족의 땅에 주둔하고 있지만, 나머지 장군의 군사들은 위구르족이 거주하는 신장이나 묘족의 땅에 주둔하고 있습니다. 군벌을 불러들이지 않고는 약속을 지킬 수 없을 겁니다. 어떻게 하시겠습니까?"

소수민족의 독립을 다시 약속받고, 전제 조건인 군벌을 해체할 수 있는지 돌려서 물었다.

그녀의 물음에 손문이 결의를 세우면서 말했다.

"중화민국에 군벌은 존재하지 않습니다. 반드시 정규군에 편입될 것이며, 대총통의 지휘만을 받게 될 겁니다. 오직 중화민국의 영토에서만 주둔하게 될 겁니다. 혹, 이를 위해 도와줄 수 있겠습니까?"

"물론입니다. 만약 군벌이 정규군 편입에 반기를 든다면 우리 군이 그들을 대신 정벌하겠습니다. 우리는 중국 정부가 바로 세워질 수 있도록 최선을 다하겠습니다."

"감사합니다."

조선군이 앞으로 군벌을 흡수할 중국 정부를 지켜주리라는 것을 약속했다.

호국군 사령관이자 운남군 사령관이기도 한 채악이 지켜보고 있었고, 그 외 군 지휘관들이 자신들의 권력을 내려놓아야 한다는 사실을 깨달았다.

절대 조선군을 상대로 맞설 수 없었다.

그것은 모든 것을 걸고 승부를 보는 것이 아닌, 그저 파멸로 길로 향하는 것이었다.

그 사실을 군벌들에게 미리 경고하고 수습을 위한 큰 그림을 미리 그려뒀다.

세부적인 사항은 다시 중국 외교부와 조선 외부 사이에서 정해야 했다.

손문이 주현과 정엽에게 말했다.

"전쟁이 끝난 사실을 알립시다."

러시아와의 전쟁은 아직 끝나지 않았다.

그러나 적어도 중원에서의 교전은 더 이상 이뤄지지 않았다.

호국군과 조선군의 승리가 한양에 전해지고 세상에 알려지기 시작했다.

* * *

장성호가 미국의 성한에게 통신을 했다.

쿠로팟킨의 러시아 극동군을 궤멸시키고 원세개를 사로잡은 소식을 알렸다.

희소식을 듣고 성한이 기뻐했다.

"다소 희생을 치렀지만 잘 마무리되었군요. 다행입니다. 그러면 이제 러시아를 상대로, 예정대로 바이칼 호수까지 진출합니까?"

—예. 그럴 겁니다.

"폐하의 반응은 어땠습니까?"

—몹시 기뻐하셨습니다. 정의를 지키고 조선의 국익을 지키고, 무엇보다 폐하와 조선을 업신여겼던 원세개에게 복수를 했으니 말입니다. 거기에 러시아를 상대로 취한 대승까지 더해서 폐하께서 속이 시원하다고 말씀하셨습니다. 비록 전쟁이 끝난 것은 아니지만 거의 승리했다고 봐도 무방합니다.

"전차와 전투기가 제대로 공개되었으니 서양이 크게 놀랄 겁니다."

—아마도 그럴 겁니다. 그리고 우리의 전차를 본 따서 유럽에도 전차와 장갑차가 등장할 겁니다. 성능은 우리 쪽이 한참 위에 있겠지만 말입니다.

"그래도 더 나은 무기들을 확보해야 됩니다. 적의 전의를 상실시킬 수 있을 만큼 압도적인 전력을 갖춰야 합니다."

—동감입니다.

"특무대신과 총리대신을 전적으로 믿고 의지하겠습니다. 도중에 특이사항이 생기면 먼저 알려드리겠습니다."

—그리 해주십시오.

"다시 연락을 드리겠습니다."

—예. 과장님. 교신을 끝내겠습니다.

성한은 교신을 마치고 잔잔한 미소를 보였다.

통신기를 끄고 안도의 한숨을 쉬었다.

그리고 방 밖으로 나와서 크게 소리쳤다.

"정호야! 혜민아! 학교 가야지!"

조선은 저녁이었고 뉴욕은 아침이었다.

지연이 뉴욕대학교 대학병원에 출근한 상태였다.

그로 인해 성한이 아이들을 기상시키고 아침밥을 준비했다.

일어난 두 아이가 인상을 크게 쓰면서 아버지인 성한을 쳐다봤다.

"아빠……."

"왜? 무슨 일이야? 왜 그리 울 것처럼 하고 서 있어?"

"나 학교 가기 싫어."

"응? 어째서?"

"그게……."

엄마를 닮아서 예쁜 외모를 가지고 크고 있는 혜민이었다.

굳이 외모를 놓고 말하지 않더라도 아버지인 성한에겐 어여쁜 딸이었고 성한은 딸바보였다.

아비의 물음에 혜민이 대답하기를 주저했다.

대신 한살 많은 오빠인 정호가 대답했다.

아빠인 성한의 외모를 빼다 박은 자식이었다.

"우리보고 노란 원숭이래요……."

"뭐?"

"학교에서 아이들이… 특히 존이 그래요. 존이 아이들에게 우리가 노란 원숭이라고…….”

“…….”

“제가 화를 냈는데도 계속 그러면서… 나중에는 바나나를 던져서 싸웠어요… 그리고…….”

“그래서 어제 생긴 멍이 싸워서 생긴 거야? 계단에서 구른 것이 아니고?”

“예. 아버지… 존을 상대로 싸웠는데 아이들이 존의 편을 들면서…….”

“…….”

“일대일이면 그래도 자신 있는데… 여럿이라서 이길 수가 없었어요… 얻어맞다가 선생님이 겨우 말려줬어요… 쪽팔리는 것은 둘째 치고… 혜민이에게 애들이 해코지를 할까봐 같이 갈 수가 없어요.”

“…….”

“여기 있으면 계속 놀림 받고, 애들이 때리고 그래요. 고려로 돌아가면 안 되나요? 아버지 고향으로 가서 저와 혜민과 똑같이 생긴 아이들과 학교에 가고 싶어요. 그렇게하면 안 되나요?”

“…….”

눈물 맺힌 자식의 얼굴을 보면서 성한이 할 말을 잃었다.

아들과 딸을 안아서 등을 두드려주자 정호와 혜민이 소리를 내면서 울기 시작했다.

그리고 머리를 쓰다듬으면서 아이들을 위로했다.

“정호야, 혜민아.”

"예… 아버지……."

"아빠가 힘 있는 사람인 거 알지? 조금만 기다려. 아빠가 다 해결해줄게. 그리고 오늘은 집에서 쉬어라. 알았지?"

"예. 아버지……."

잠시 동안 아이들을 학교에 보내지 않기로 했다.

집을 잘 지키라고 말한 뒤 아래층으로 가서 석천을 만나 이야기를 나눴다.

이야기를 들은 석천은 성한을 호위하고 정호와 혜민의 학교로 향했다.

교장을 만날 때 학교를 설립한 이사장을 대동했다.

그는 록펠러였다.

록펠러가 교장에게 성한을 소개했다.

"저와 친분이 있는 존스씨요. 인사하시오."

"아, 예… 처음 뵙겠습니다……."

성한과 악수를 하면서 인사를 나눴다.

교장과 인사를 나눈 성한이 바로 쓴 소리를 했다.

록펠러가 성한의 든든한 지원군이 되어서 지켜보고 있었다.

"저의 아들인 제임스와 딸인 헬렌이 인종차별을 당했더군요. 교사들은 적절한 조치를 취했나요?"

"취했다고 생각합니다."

"그럴 리가요. 그저 싸움을 말리기만 했지, 인종차별을 해선 안 된다고 아이들을 제대로 가르쳐야죠. 그렇게 했습니까?"

"그렇게 했습니다……."

"회초리는요?"

"그게… 가정교육에 관한 것이라… 사실, 저희들이 할 수 있는 것도 훈계나 싸움을 말리는 수준밖에 못 됩니다. 함부로 회초리를 들었다간 아이의 부모에게 고발을 당할 수도 있어서……."

"……."

"죄송합니다……."

교장의 해명을 듣고 성한은 기가 막혔다.

하지만 그가 하는 말이 어느 정도 이해가 되기도 했다.

록펠러와 시선을 주고받고 교장에게 말했다.

"아이의 부모를 봐야겠습니다. 아이에게 교육을 제대로 하라고 말입니다. 연락처를 알려주십시오."

성한의 요구에 교장이 난감한 표정을 지었다.

록펠러가 괜찮다고 교장에게 말하자 교장은 차라리 자신이 직접 통화하겠다고 문제를 일으킨 아이의 부모의 집으로 전화를 걸었다.

그리고 아이의 부모와 통화를 하면서 성한의 이야기를 듣고 서로 만날 수 있는 일정을 잡았다.

이틀 뒤 교장실에서 존이라는 아이의 부모와 성한이 얼굴을 마주했다.

록펠러와 교장이 지켜보고 있었다.

존의 부모는 록펠러를 보면서 당황했다.

왕년에 잘 나갔던 정유회사의 사장이 눈앞에 있었다.

'록펠러잖아? 이 사람이 여기에 어째서 와 있는 거야?'

이제는 미국에서 가장 유명한 자선 사업가였다.

그가 이사장인 줄은 미리 알고 있었다.

그렇지만 바로 그 록펠러가 성한과 함께 하고 있음에, 어쩌면 성한이 보통 동양인이 아닐 수도 있겠다는 생각이 들었다.

하지만 자식의 일로 자신들을 부른 일에 대해서 이미 앙심을 품었기에, 성한이 하는 말이 곱게 들리지 않았다.

"두분의 아이가 저의 아들인 제임스, 딸인 헬렌을 동양 원숭이라고 놀렸습니다. 심지어 학교의 아이들이 그렇게 놀리도록 분위기를 조성했고요. 꼭 제 아이가 해를 입고 놀림 받아서 하는 이야기가 아니라, 인종차별은 분명히 잘못된 일이니, 아이를 제대로 훈육해달라는 말씀을 드리고 싶습니다. 피부색이 다르다고 차별이 있어선 어른이건 아이이건 절대 있어선 안 됩니다. 부탁드립니다."

성한의 부탁에 존의 아버지가 콧방귀를 뀌었다.

"우리 아이는 그런 적이 없소."

"예?"

"살다 보면 아이들이 그럴 수도 있지. 뭐 그리 큰일 난 것처럼 이야길 하는 거요? 다 그러면서 지내는 거지."

"……."

성한을 경호하던 석천까지 기막혀했다.

아이의 아버지에 이어서 어머니도 입을 열었다.

"애가 틀린 말을 한 것도 아닌데……."

죄책감이 없었다. 그 모습을 보면서 록펠러가 이맛살을 찌푸렸다.

성한의 얼굴에서 미소가 지워졌다.

"정말로 별 문제 없다고 생각합니까?"

아이의 부모에게 물었고 대답을 들었다.

"다른 아이들도 그럴 텐데 어째서 우리 아이 탓만 하는 거요?"

"놀림 받을 짓을 했으니깐 놀림 받은 게 아닌가요? 별꼴이야."

더 이상 정중해질 필요가 없었다.

성한은 자신이 가진 능력을 써야겠다는 생각이 들었다.

아이들을 위해서 조금 야비해지기로 했다.

"좋습니다. 두분이 그렇게 생각하신다면 저도 힘 좀 쓰겠습니다. 놀림 받을 짓이라고 했나요? 그렇다면 저는 두분을 부랑자로 만들어드리겠습니다. 그럴 짓을 했으니 말입니다."

두 사람을 만나기 전에 미리 신상을 어느 정도 알고 있었다.

성한이 벽에 걸린 전화기로 가서 전화를 걸었다.

"여보세요. 해리 존스입니다. 아, 예, 잘 지내고 있습니다. 다름이 아니라 부탁할 것이 있는데, 세달 전에 부품 납품 계약을 맺었던 네이빌사와의 거래를 중단하십시오."

"⋯⋯?!"

"부품 수급은 제가 아는 다른 회사를 소개시켜드리겠습

니다. 마침 네이빌 사장이 제 곁에 있습니다. 계약 파기를
알려주기 바랍니다."

성한이 얼굴에 붙였던 수화기를 뗐다.

그의 통화를 지켜보던 존의 아버지인 네이빌은 믿을 수
없다는 표정으로 자신의 아내를 보고 다시 성한을 쳐다봤
다.

성한이 수화기를 들면서 말했다.

"포드 사장입니다. 전화를 받으세요."

"……."

있을 수 없는 일이라고 생각했다. 그리고 수화기를 들었
다.

"여보세요……?"

안에서 귀에 익은 목소리가 울려 퍼졌다.

―포드 사장입니다. 네이빌 사장입니까?

"그…그렇습니다……."

―대체 무슨 짓을 벌인 겁니까? 존스씨는 사장인 나보다
더 많은 주식을 갖고 계신 대주주란 말입니다. 어찌되었건
네이빌 사장이 뭔가 크게 잘못한 듯한데, 우리 대주주의
요청으로 거래를 중단하고 계약을 파기할 것이니 그리 아
시기 바랍니다.

"……?!"

―이만 끊겠습니다.

"자…잠깐만요! 포드 사장! 포드 사장!"

철컥.

"맙소사……!"

전화가 끊어지자 존의 아버지의 얼굴빛이 사색이 되었다.

그의 아내 또한 거래 중단과 계약 파기라는 말을 듣고 당황했다.

네이빌이 성한에게 물었다.

"저…정말로… 포드모터스의 대주주입니까……?"

"예. 맞습니다."

"그…그럴 리가…….""

"믿기 힘들겠지만 록펠러씨가 저에 대한 신원을 보증합니다. 정말로 궁금하다면 물어보시든지요."

회사의 운명을 결정짓는 회사가 포드모터스였다.

세계 최고의 자동차 회사의 대주주가 눈앞에 있는 동양인이라는 것이 믿어지지 않았다.

록펠러를 보고 신원을 들었다.

"포드모터스의 대주주가 맞습니다."

"헉!"

숨이 멎을 뻔했다. 자신의 숨통을 쥐고 있는 사람이 바로 눈앞에 있는 성한이었다.

살기 위해서는 그의 바짓가랑이를 잡고 용서하는 수밖에 없었다.

"미…미안합니다! 죄송합니다! 제 자식이 잘못했습니다! 여보, 뭐해! 어서 빌어!"

"죄…죄송합니다! 존스씨!"

두 사람의 애원에 이번에는 성한이 콧방귀를 뀌었다.

"사업을 하다보면 회사가 물건을 못 팔 수도 있고 파산할 수도 있죠. 뭐 그리 큰일 난다고 제게 이리 애원합니까? 이 손 놓으세요."

"존스씨! 제발……!"

"뿌린 대로 거두는 겁니다."

"제발…! 한 번만 용서해 주십시오…! 뭐든지 하겠습니다……!"

거듭 애원하는 두 사람을 보면서 엄한 표정을 지었다.

그러면서 록펠러와 석천을 보고 피식했다.

슬쩍 미소를 드러냈다가 이내 차가운 표정을 지으면서 물었다.

"정말로 뭘 잘못했는지 알겠습니까?"

"예!"

"다인종 국가인 미국에서 인종차별이 얼마나 큰 잘못이고 국익에 해가 되는지도 알겠습니까?"

"물론입니다!"

"그렇다면 딱 하나를 조건으로 두분을 용서하겠습니다."

"조, 조건이 무엇입니까?"

"그야 아이들이 화해하는 것이지 않겠습니까? 화해를 이루려면 사과가 있어야 합니다. 제 아이와 존이 만나기를 원합니다. 아이들이 보는 앞에서 말입니다. 아이들이 보는 앞에서 존이 저희 아이들에게 사과하길 바랍니다."

성한의 요구를 존의 부모가 받아들였다.

"그렇게 하겠습니다!"

다음 날이었다.

전날 거래 중단은 잠시 보류된 상태에서 제임스와 헬렌이라는 미국 이름을 쓰는 정호와 혜민이 뉴욕 사립 초등학교에 등교해 아이들로부터 주목을 받았다.

교장과 학교 선생님들이 지켜보는 가운데, 존과 존의 아버지가 두 아이의 맞은편에 서 있었다.

그리고 성한과 애써 휴가를 쓴 지연이 두 아이의 뒤에 섰다.

뒤늦게 사실을 알게 된 지연이 화난 표정으로 존이라는 아이를 노려봤다.

또한 그 아이와 함께 정호와 혜민을 괴롭힌 학교의 아이들을 노려봤다.

속에서 끓어오른 분기가 쉽게 가라앉지 않았다.

"자기니까 저 아이의 아빠를 봐줬지, 나였다면 회사를 파산시켰을 거야. 감히 우리 애들을 건드리다니."

이를 갈면서 존과 그 아이의 아버지를 노려봤다.

그리고 어떤 식으로 사과하는지 지켜봤다.

네이빌이 아들인 존의 등을 밀었다.

"어서 사과해."

"싫어요! 원숭이에게 원숭이라고 말했는데 어째서 사과를!"

투정이 끝나기도 전이었다.

쫙!

"윽!"

"닥치고, 사과해! 멍청한 자식!"

"아…아빠……?"

"네놈 때문에 아버지의 회사가 파산할 뻔했다! 부랑자가 되기 싫으면 사과하란 말이다! 어서!"

"……!"

뺨을 맞고 쓰러지고 나서야 심각한 상황이라는 것을 인지했다.

눈물범벅이 된 존이 정호와 혜민에게 손을 내밀었다.

"미안해……."

"……."

성한이 정호의 등을 밀어줬다.

"사과를 했으니 받아줘야지."

그 말을 듣고 정호가 존의 손을 잡아줬다.

"알겠어. 용서할게."

이어 혜민과도 악수하면서 사과를 하고 화해했다.

교장이 나서서 아이들을 직접 가르쳤다.

"여러분. 피부색이 달라도 우리는 친구가 될 수 있어요. 절대 다르게 생겼다고 비웃거나 놀리면 안돼요. 반대로 여러분들이 괴롭힘을 받는다고 생각해보세요. 어려운 친구가 있으면 도와주고, 함께 잘 지내야 해요. 그래야 그 친구가 나중에 여러분들에게 도움을 줄 수 있어요. 알았죠?"

"예~! 선생님!"

아이들이 답하면서 나름대로 잘 수습되는 것 같았다.

교장이 뒤로 빠지면서 한숨을 쉬었고 이번에는 성한이 앞으로 나서서 아이들에게 말했다.

"제임스의 생일 때에 너희들을 초대하마. 맛있는 음식을 준비할 테니까 놀러 오거라. 알겠니?"

"예~!"

지연이 집에 아이들을 초대해도 되겠냐고 물었고 성한은 작은 목소리로 빌딩 하나를 사면된다고 말했다.

그렇게 아이들 사이에서 이뤄지는 다툼을 진정시키고 화해시켰다.

아이들 문제에 있어서 약육강식의 논리를 끌어들여야 된다는 사실이 안타까웠다.

한번 더 교장과 존의 아버지로부터 사과를 받았다.

그 모습을 아이들이 지켜봤다.

성한이 정호와 혜민의 어깨를 두드렸다.

"학교에서 있는 만큼은 네 동생을 지키거라. 그리고 누가 다시 괴롭히면 아버지에게 알았지?"

"예. 아버지."

앞으로 씩씩하게 학교를 다닐 것이라고 생각했다.

성한은 모든 일이 직후 학교에서 나왔다.

학교 마당 한 켠에 워싱턴이 주차되어 있었고 그 앞에 석천과 유정이 서 있었다.

석천이 성한과 지연에게 물었다.

"잘 해결됐습니까?"

지연이 대신 대답했다.

"그런 것 같아요."

아이들을 화해를 시키는 동안 들어온 소식이 있었다.

유정이 학교 근처 가게에서 산 신문을 넘겨줬다.

신문을 받고 성한이 전면을 살폈다.

"조선이 이긴 사실을 미국에서도 알았군요."

"예. 과장님."

"미국이 알았다면 전 세계가 안 겁니다. 유럽의 충격이 적지 않겠습니다. 특히 영국과 러시아가 말입니다. 이제 부터 참호전은 역사 뒤안길로 사라질 겁니다."

무선 통신이 본격적으로 보급되고 있었다.

대형 안테나가 나라별로 세워지고 대서양을 횡단하는 교신이 이뤄지기 시작했다.

그로 인해 며칠 만에 조선군이 중국에서 보여준 모습들을 세상이 알게됐다.

유럽에서 지옥도를 보인 참호를 전차가 무참히 밟아버린 일이 알려졌다.

신조선

新졍기

잔잔한 연못에서 해일이 일어나다

조선의 승전보가 유럽에 닿았다.

러시아와 협상동맹을 이루던 프랑스에 조선군의 승전보가 도착했고 사람들을 놀라게 했다.

대전 직전에 '레몽 푸앵카레'가 프랑스 대통령이 되었다.

그리고 '조르주 클레망소'가 그를 보좌하는 총리가 되었다.

클레망소가 조선이 러시아를 상대로 이긴 사실을 알렸다.

"고려에 머물고 있는 기자들이 전한 소식입니다. 조선이 러시아군을 패퇴시키고 중화제국 황제를 생포했다고 합니다. 다시 민주공화국이 세워졌습니다."

"러시아를 상대했으니 고려군의 피해가 크겠소?"

"전무하다고 합니다…….'

"뭐요?"

"조선군이… 신무기를 투입시켰다고 합니다… 러시아의 참호전술이 깨졌습니다."

"……?!"

보고를 받은 푸앵카레의 표정이 굳어졌다.

눈동자가 떨리며 믿을 수 없다는 식으로 총리에게 되물었다.

그리고 그가 받았던 보고가 그대로 영국에도 전해졌다.

런던에서 국왕인 조지 5세가 총리인 애스퀴스 백작으로부터 보고받았다.

신무기 출현에 관한 보고를 듣고 조지 5세가 황당함을 느꼈다.

의심하며 애스퀴스에게 물었다.

"고려의 야포가 20km 이상이라니?! 우리도 그런 사정거리를 보유한 야포가 없는데, 고려가 어떻게 보유했단 말인가?"

"하지만 사실입니다. 전투를 지켜봤던 모든 종군기자들이 똑같은 기사를 썼습니다. 한 기자는 과장해서 30km라고 썼습니다. 20km 사정거리 이하로 쓴 기자는 아무도 없습니다."

"바보 같은! 야포도 그렇지만 전차라 불리는 무기는 더 말이 안 돼! 트랙터에 장갑판을 두르고 직사포를 발포하다니! 그런 무기로 러시아의 참호를 돌파했는데 어째서 우리는 생각하지 못한 것인가?!"

"이미 고안해서 개발 중입니다."

"사실인가?!"

"예. 하지만 고려군이 보유한 전차만큼은 아닙니다. 계획을 수정해야 할 것 같습니다."

조선군이 드러낸 전력에 온 유럽이 발칵 뒤집어졌다.

수많은 인마를 살상한 참호전술이 파훼되었고 그것은 유럽 강국의 방어전술을 이기는 것과 같았다.

영국에서 참호를 극복하기 위한 무기가 개발되고 있었지만 그것은 어디까지나 트랙터에 장갑판을 두르고 보병이 지나갈 수 있는 길을 내는 것뿐이었다.

조선군의 전차처럼 직사포를 탑재할 수 있는 수준이 아니었다.

그런 사실을 전해 듣고 조지 5세가 몹시 기막혀 했다.

그리고 애스퀴스에게 물었다.

"그러면 고려군은 현재 어떤 상황인가? 러시아의 극동군을 궤멸시켰으니 주저하지 않고 러시아로 밀고 들어가서 유린하지 않겠나? 놈들은 지금 어떻게 하고 있나?"

왕의 물음에 총리가 대답했다.

"서진 중인 것으로 파악되었습니다. 그리고 위구르족이 러시아의 철도를 파괴해서, 러시아 정부가 동쪽으로 군대를 보내기가 힘든 상황입니다."

"고려가 완전히 이겼군."

"예. 폐하. 정말 예상 밖입니다. 작금의 전쟁에서 고려는 최대 변수입니다."

도박가들의 예상을 뒤엎고 조선이 승리했다.

치열하더라도 러시아가 이길 것이라는 예상이, 조선군이 전무한 피해로 이기면서 완전히 빗겨나갔다.

그로 인해 유럽의 온 군주와 귀족이 충격을 받았다.

"절대 독일의 동맹군에 고려군이 가담해서는 안 될 것이네."

"그리되지 않도록 최선을 다하겠습니다."

드러난 전력이 막강해서 조선이 어디에 가담하느냐에 따라서 전과가 달라질 수 있었다.

오직 러시아만 상대했던 조선은 여전히 영국에게 동맹국이었고 영국과 프랑스는 조선이 러시아에게 대적함으로써 독일에 가담하지 않도록 대비했다.

그와 함께 러시아로도 조선군의 승리가 전해졌다.

보고를 받은 니콜라이 2세의 눈동자가 떨렸다.

믿을 수 없다는 말투로 총리인 고레미킨에게 물었다.

극동군의 대패가 거짓말 같았다.

"정말로 짐의 30만 군사가 궤멸당했단 말인가……?"

"예… 폐하……."

"어째서… 패했단 말인가? 고려는 동양의 미개한 나라이지 않는가? 비록 예비군이지만 어째서 놈들이 이긴 것인가?"

"그…그것이……."

"말해 보게! 어째서 놈들이 이겼냐는 말이다! 어서 짐에게 대답하라!"

총리에게 노성을 터뜨렸다.

그리고 이어지는 일련의 전투 과정과 조선군이 공개한 무기들에 대한 이야기를 듣고 일어섰다가 주저앉듯이 의자에 엉덩이를 깔았다.

두 귀로 들은 것이 믿어지지 않았다.

"놈들에게 그런 장사정거리의 야포가 있었다니!"

"고려군이 보유한 전투기도 하나같이 서유럽의 전투기보다 뛰어납니다… 그리고 전차라는 무기가 있을 줄 몰랐습니다."

고레미킨을 노려보면서 니콜라이 2세가 다시 소리쳤다.

"그런 무기가 있다는 것을 어떻게 몰랐단 말인가?! 놈들이 그런 무기를 보유하고 있었다면 더 강한 무기를 개발해서 군에 배치를 했어야지! 어째서 미리 대비하지 않고!"

"폐하! 조선군이 보유한 무기들은 하나 같이 세계 최초로 개발된……!"

"핑계대지 마라! 짐의 러시아가 그런 무기를 개발할 수 없다는 것을 믿지 못한다! 짐이 대신들의 부정부패를 알고 있다! 대신들의 비리만 없었어도 이런 결과는 없었을 것이다! 빌어먹을!"

패전의 원인을 엉뚱한 곳에서 찾았다.

진짜 원인은 자신이 가진 탐욕에 있었지만 그것을 바로 보지 않고 애먼 러시아의 대신들을 핑계거리로 삼았다.

비리가 없었던 것은 아니었지만 그들의 비리가 없다고 만들 수 있는 무기가 아니었다.

그것을 고레미킨은 미리 무기개발부로부터 이야기를 들어 알고 있었다.

기분이 나빠서 인상을 쓰고 있을 때 차르의 질문을 받았다.

"지금 고려군은 어떻게 하고 있나?!"

힘들게 입을 열어서 보고했다.

"서진 중입니다."

"놈들을 막아야 한다!"

"예. 막아야 합니다. 하지만 동쪽으로 군대를 보낼 수가 없습니다."

"어째서?!"

"위구르족의 습격으로 블라디보스토크로 향하는 철도가 끊겨졌기 때문입니다. 설령 보내더라도 지금의 고려군의 전력을 봤을 땐 섬멸될 겁니다. 서쪽의 전황도 좋지 않습니다……."

보고를 듣고 니콜라이 2세가 콧가를 움찔했다.

분노를 삭이려고 안간힘을 썼다.

그래야 최선의 수를 판단하고 결정할 수 있었다.

함께 전쟁을 치르는 협상국의 지원이 필요했다.

"영국과 프랑스의 힘을 빌리게! 더 이상 고려의 서진이 이뤄져선 안 되네! 러시아를 침공하는 고려군의 진격을 막아야 하네!"

"예! 폐하!"

영국과 프랑스를 비롯해 러시아와 동맹을 이루는 나라들에게 러시아 정부의 요청이 전해졌다.

그리고 그 요청은 진격 중단 요구라는 형태로 조선에게 전해졌다.

조선에 주재하고 있는 공사관을 통해서 외부에 각 국 정부의 요청이 전해졌다.

외부대신인 민영환이 장성호와 함께 이희를 알현했다.

보고를 들은 이희가 헛웃음을 내뱉었다.

마치 예전의 한 사건을 보는 것 같은 느낌을 받았다.

"삼국간섭이로군. 아라사와 덕국, 불란서가 청나라를 전쟁에서 이겼던 일본에게 간섭했던 것처럼 말이다. 진격을 중단하라니 기가 막히는군."

일본이 아닌 조선이 직접 당하는 일이었다.

그로 인해 이희가 기분 나빠하자 민영환이 슬쩍 미소를 드러내면서 말했다.

일본과 조선의 경우는 매우 달랐다.

"하지만 우리가 배상받아야 할 것을 돌려주진 않습니다. 일본과 우리의 경우가 매우 다릅니다. 진격을 중단하는 조건으로 협상국들에게 많은 것을 요구할 겁니다."

"어떤 것을 요구할 것인가?"

"바이칼 호수 200km 서쪽에 위치한, 경도 100도를 기준으로 동쪽의 영토를 요구할 겁니다. 그 이유로 우리군의 점령지이며 연해주는 조선의 고토임과 동시에 아라사군이 존재하지 않는다는 것으로 합당하게 주장할 것입니다. 또한 전쟁을 수행하면서 치른 예산과 국가혼란에 의한 피해 배상을 요구할 것이며, 중화민국에 피해를 입힌 것에 대한 배상도 요구할 겁니다. 중재를 벌이는 영길리와 불란서가 이권을 가져가는 일이 없도록 만들 것입니다."

"만약 우리의 요구를 거부한다면?"

"영길리와의 동맹을 파기할 수도 있다고 경고할 겁니다. 그 후과는 온전히 협상국 전체가 짊어지게 될 겁니다."

드러난 전력 차를 토대로 민영환이 힘 있게 말했다.

유럽 열강 제국과 전쟁을 치러도 승리할 수 있다는 믿음이 있었다.

그것을 기반으로 자신 있게 수를 던지기 시작했다.

그의 미소를 보고 장성호도 미소를 지었다.

"우리는 모두 얻을 것이고, 적은 반드시 잃을 것입니다."

그 말을 듣고 이희가 고개를 끄덕였다.

"조건을 걸고 협상국의 요구를 소용토록 하라."

"황은이 망극하옵니다. 폐하."

이희의 황명이 떨어졌다.

민영환이 장성호와 함께 퇴궐해서 외부로 향했고 조선에 주재하고 있는 협상국 공사들에게 공문을 보냈다.

그 내용은 진군을 멈추되 조건을 건다는 내용이었다.

조선이 내건 조건이 런던으로 전해졌다.

공문을 확인한 조지 5세가 눈살을 찌푸렸다.

자신감이 조선에 더해져 있다는 것을 확인했다.

"경도 100도 기준으로 동쪽의 러시아 영토를 고려의 영토로 삼겠다?"

"거기에 배상금 요구도 있습니다. 고려와 중화민국에 대한 배상금을 각각 요구하고 있습니다."

"날강도가 따로 없군. 오만하기 그지없어."

"러시아군을 압도한 것을 기반으로 요구하는 겁니다. 놈들이 본색을 드러냈습니다."

만약 러시아의 일이 아니었다면 분통이 터져서 국왕 집무실의 집기가 남아나지 않을 사안이었다.

영국의 국왕이었기에 그나마 이성의 끈을 붙들고 공문을 읽을 수 있었다.

영국과 프랑스가 중재하면서 아무 것도 얻을 수 없다는 내용도 쓰여 있었다.

그것을 보고 조지 5세가 혹시나 하는 생각으로 물었다.

"만약 거부하게 되면 어떻게 나오겠는가?"

"서진을 멈추지 않을 겁니다. 최악의 상황은 우리와의 동맹을 단절하는 것입니다."

"독일 편에 설 수도 있다는 이야기인가?"

"예. 러시아와는 교전국이고 러시아의 동맹이 우리와 프랑스이니 말입니다. 고려가 독일 편에 서면 미국도 독일 편으로 움직일 수 있습니다."

"산 너머 산이군. 러시아 차르는 어째서 중국 내전에 손을 댔단 말인가? 유리한 정국이 이렇게 깨지는군! 큭!"

안타까운 마음이 더욱 커져만 갔다.

그와 함께 욕심을 부린 니콜라이 2세에 대한 불만과 분노를 토해냈다.

전쟁의 방향을 바꿔놓을 변수를 만들지 않는 게 중요했다.

"러시아 정부에 고려의 요구를 전하고 받아들이라고 전하게. 그렇지 않으면 우리가 중재해줄 수 없다고 말이야. 속히 공문을 붙이게."

"예! 폐하!"

선택의 여지가 없었다. 전쟁에서 승리하기 위해 조선의 요구를 받아들일 수밖에 없었다.

러시아 정부에 조선의 요구를 전하고 그것을 반드시 들어줘야 한다는 것을 알렸다.

영국 공사관의 공문을 받고 니콜라이 2세가 크게 분노했다.

"경도 100도 동쪽의 영토를 포기하라고……?"

"전쟁 배상금도 요구하고 있습니다."

"프랑스도 똑같은 공문을 보내왔는가?"

"예… 폐하…….."

"어떻게 우리와 한 운명을 나누기로 한 놈들이 이럴 수 있단 말인가?! 이것은 배신이야! 짐뿐 아니라 러시아 모든 국민에 대한 배신이란 말이다! 크악!"

차르 집무실의 집기가 부서졌다.

니콜라이 2세가 씩씩거리다가 내려치듯이 책상을 손바닥으로 찍었다.

그리고 마지막으로 물었다.

"정녕 고려의 진공을 막지 않겠단 말인가?"

"독일을 상대하는 상황이기에 우릴 돕지 않을 겁니다. 오히려 우리의 문제를 빨리 마무리 지으려 합니다. 영국과 프랑스는 우리가 전력을 다해서 독일과 오스만 제국을 상대하길 원합니다."

"개자식들!"

당장 영국과 프랑스를 상대로 선전포고하고 그들과의 동맹관계를 끊고 싶었다.

하지만 그럴 수 없는 상황이었다.

우선 독일과 오스만 제국을 상대로 전쟁에서 이겨야 했다.

그들을 상대하면서 조선과 전쟁을 치를 순 없었다.

"결국 이렇게 빼앗기고 물러나야 한단 말인가……."

"지금은 그 수밖에 없습니다……."

"언젠가 반드시… 고려에게 빼앗긴 짐의 영토를 찾을 것이다. 경이 알아서 하라……."

"예… 폐하……."

조선의 요구를 받아들이기로 했다.

중재하는 영국과 프랑스가 러시아의 답변을 조선 공사관에 대신 전했다.

그로써 평화협정을 맺기 위한 협상이 준비되었다.

협상일이 정해지고 바이칼 호수 서쪽 경도 100도 지점에서 수만명이 넘는 조선 육군과 소수의 러시아군이 마주했다.

러시아군 사이에 총리인 고레미킨이 서 있었고 그 맞은
편에 장성호가 서 있었다.

그 뒤로 중화민국의 임시 총통을 맡은 손문과 중국 내 소
수민족 추장과 족장들이 서 있었다.

대표로 장성호가 앞으로 나와서 손을 내밀었다.

"대고려제국 특무대신 장성호입니다. 만나게 되어서 반
갑습니다."

주저하다가 고레미킨이 힘들게 손을 잡았다.

"대러시아제국 총리 이반 고레미킨이오. 만나게 되어서
반갑소."

곧바로 장성호가 쓴 소리를 했다.

"나는 도대체 아라사와 어째서 전쟁을 치러야 했는지 지
금도 이해가 가지 않습니다. 분명히 우리 정부에선 고려의
존재를 부정하는 원세개를 돕지 말라고 러시아 정부에 경
고했습니다. 도울 경우 우리가 호국군을 도울 것이라고 예
고했고 말입니다. 그런데 어째서 명분도 없는 원세개를 돕
다가 충돌을 일으키고 심지어 우리에게 먼저 선전포고를
했습니까?"

"……."

"평화가 좋은 것이라고, 지금 선에서 정리되는 것을 다
행으로 여기기 바랍니다. 그리고 고려의 황제 폐하께 감사
하기 바랍니다. 우리가 러시아를 살려줬습니다. 아시겠습
니까? 그 사실을 절대 잊지 말길 바랍니다."

"……."

장성호의 말이 역관을 통해 고레미킨에게 전해졌다.

그의 말을 듣는 동안 고레미킨은 어떤 말도 할 수 없었고 러시아의 입장을 전하지 못했다.

누가 보더라도 그것이 과욕으로 인한 참사였다.

장성호의 요구를 거의 따르는 조약문이 작성되었다.

거기엔 경도 100도 기준으로 동쪽의 모든 권리를 조선에게 넘긴다는 내용이 쓰여 있었다.

그리고 조선에 막대한 배상금을 지불하고, 중화민국에도 배상금을 지불한다는 내용도 쓰여 있었다.

러시아 포로 또한 석방금을 받고 풀어주기로 약조하는 내용도 있었다.

조인이 이뤄지면 일본을 비롯한 나라와 민족이 러시아와 교전을 치르는 것도 끝맺을 수 있었다.

그렇게 2부의 협정문에 고레미킨과 장성호가 서명을 넣었다.

그 위로 러시아와 조선을 상징하는 인장과 국새가 새겨지고 서로에게 협정문을 넘기면서 조인식이 끝났다.

사진기를 든 기자들 앞에서 장성호와 고레미킨이 악수했다.

"이제 전쟁이 끝났습니다. 본래 러시아는 조선의 우방국이지 않습니까? 이번과 같은 불상사가 다시 벌어지지 않도록 양국이 노력했으면 좋겠습니다."

얻어맞고 화해를 강요받는 느낌이었다.

함께 노력하자는 말에도 고레미킨은 응답하지 않았고 굳은 표정으로 기자들이 찍는 사진에 모습이 담겼다.

그 순간부터 바이칼 호수는 조선의 영토 안에 놓였고 동부 시베리아가 조선 땅이 되었다.

드넓은 동토에 어떤 자원이 숨겨져 있는지 아무도 몰랐다.

오직 조선의 미래를 밝히는 천군만이 알고 있었다.

이희가 장성호의 보고를 받고 크게 기뻐했다.

"하하하! 이렇게 기쁘고 경사스런 일이 있던가! 아라사를 상대로 승리하고 고구려 시절 이상의 넓은 영토를 품게 되다니!"

"이 모든 게 폐하의 덕이 하해에 넘쳐흐르기 때문입니다."

"짐의 덕이 아니라, 지혜로운 대신들과 용기 있는 백성들로 인해서 얻은 결과다! 짐은 그저 대신들과 백성들이 차린 밥상에 숟가락만 올린 것밖에 안 돼! 그것으로 짐이 역사에 성군으로 남는 게 부끄럽기도 하지만, 조선의 만대 후손의 번영이 이뤄질 수 있다는 생각에 몹시 흥분된다. 오늘밤에 어떻게 잠을 이룰지 걱정이다."

"감축드립니다."

"이 경사를 만민과 온 천하에 널리 알리도록 하라."

"황명을 받들겠습니다. 폐하."

전쟁이 끝났다. 그러나 아직 전시였다.

평화조약이 맺어진 사실이 아직 백성들에게 전해지지 않았다.

그리고 이제, 신문이 뿌려지면서 온 백성들에게 알려졌다.

바구니 신문과 전단지를 담은 아이들이 사방으로 호외를 뿌리기 시작했다.

"호외요! 호외! 아라사와의 전쟁이 끝났어요!"

"평화조약이 체결됐어요! 호외요! 호외!"

전시 가운데 생업을 이루던 백성들이 놀라서 바구니를 멘 아이들에게 신문을 달라고 말했다.

그리고 신문을 들고 읽기 시작했다.

안에 장성호와 고레미킨이 악수하는 사진이 실려 있었다.

기사를 보고 또 한번 크게 놀랐다.

"전쟁이 끝났어!"

"아라사가 우리에게 배상하기로 했어! 세상에, 이 넓은 영토가 이제 우리 땅이야?!"

"만주조차 별것 아닌 것처럼 보여!"

조선이 새롭게 얻은 영토가 지도에 표시되어 있었다.

만주를 되찾기 이전에 구주를 할양받기 전과 이후의 영토가 비교되면서 사람들을 감탄하게 만들었다.

1900년이 되기 전의 옛 조선에 비해 영토가 무려 10배 이상 차이가 났다.

땅 크기만으론 미국이 부럽지 않을 수준이었다.

심지어 소수민족이 독립하고 한족의 영토만을 국토로 삼
는 중화민국보다 땅 크기가 넓었다.

 백성들의 가슴에 자부심이 새겨졌다.

 "우리나라가 큰 나라가 됐어……!"

 "아라사를 이기고 더 이상 양이들이 우리를 업신여길 수
없게 됐어!"

 "고구려 이후로 최대의 영토를 가지게 됐다니!"

 "모든 게 폐하와 대신들이 힘써주신 덕분이야!"

 "대조선제국 만세! 황제 폐하 만세!"

 "와아아아아~!"

 함성을 일으키고 기쁨의 눈물을 흘렸다.

 무엇보다 군에서의 피해가 거의 전무하다시피 하였기에
백성들은 온전히 승전의 기쁨만을 누렸다.

 동원령이 해제됐다.

 예비군으로 불려간 장병들이 환하게 웃었다.

 그저 고향을 지키다가 안전하게 집으로 돌아갔다.

 "세상에 이런 전쟁이 어딨냐?"

 "그러게 말이야."

 "이렇게 맘 편하게 전시에 끌려갔다가 집에 가는 일도 없
을 거야. 빨리 집에 가서 어머니와 마눌님을 보자고."

 "그래!"

 군에 무기와 장구를 반납하고 집으로 향하는 장병들의
뒷모습을 이척이 쳐다봤다.

 흐뭇한 시선으로 쳐다보다가 부사령관에게 안타까움을

나타냈다.

"자네와 나는 돌아가는 데에 시간이 걸리겠군."

"괜찮습니다. 사령관님."

"군권을 쥐고 있는 만큼 마무리는 확실하게 짓고 돌아가도록 하세. 1년 동안만 고생하세."

"예!"

나라를 지키는 일이 영예로운 일이었지만 집에 돌아가는 것만큼 복된 일이 없었다.

다시 전역을 기다리면서 2군을 재편하고 평시 부대 편제로 바꾸려고 했다.

그리고 후임 사령관에게 지휘권을 넘길 준비를 미리하기 시작했다.

전역한 병사들은 한걸음에 집으로 돌아가서 어머니와 아내를 끌어안았고 어린 자녀들을 번쩍 들어 올리며 집에 돌아온 기쁨을 만끽했다.

그리고 다시 행복을 누리기 시작했다.

약 한달 동안 평시 체제로 돌아가기 위해 조선 조정에서 힘썼다.

거의 원래대로 돌아갔을 때였다.

3군이 러시아 접경지를 지키고 1군이 중국 정부를 지키고 있을 때, 조선의 지원을 등에 업은 중화민국 정부가 원세개를 재판하고 처형했다.

그에 관한 보고를 이희가 받았다.

쓸쓸한 미소를 드러내면서 무소불위의 권력을 휘둘렀던

그를 떠올렸다.

"드디어 원세개가 죽었군. 조선에서 온갖 행패를 부렸는데 이렇게 가니 기분이 이상하다."

"익숙해지실 겁니다. 불의한 자는 반드시 재앙에 이를 겁니다."

"그렇게 되는 것도 우리의 노력과 하늘의 뜻이 맞아야 이뤄지겠지. 애초에 경들이 짐에게 온 것부터가 하늘의 뜻이 아니고선 될 수 없는 일이니까. 지금에 와서 참으로 다행이라는 생각이 든다."

김인석과 장성호가 마주보면서 앉아 있었다.

커피를 마시고 러시아에서 배상금을 보내왔다는 소식을 받았다.

배상금은 조선의 전쟁수행 금액의 5할이 더해진 금액이었다.

금과 파운드화로 러시아가 조선에 대가를 치렀다.

그 보고를 받고 이희가 장성호에게 말했다.

"여전히 전쟁을 치르고 있는 아라사에겐 조금 힘든 일로 여겨진다. 쥐어짜듯이 배상금을 마련해서 짐과 조정에게 배상을 치렀으니 말이다. 돈이 없으니 아라사의 인민을 괴롭힐 것이라고 본다."

현명한 판단이었다. 이희의 예언을 듣고 김인석과 장성호가 속으로 감탄했다.

앞으로 러시아에서 어떤 일이 일어나게 될지 미리 예상을 했다.

그동안 조건이 많이 달랐지만 이제는 비슷해졌다.

러시아는 망국의 길로 접어들었다.

'공산 혁명이 일어나겠는가?'

'그럴 가능성이 높습니다. 러일전쟁이 일어나지 않아서 국력을 소진하지 않았지만 우리에게 패하면서 결국 연해주와 동부 시베리아까지 잃었으니 말입니다. 우리가 알고 있는 역사 속의 러시아와 비슷한 상황이 되었습니다.'

발트 함대는 러일전쟁 결과와 다르게 건재했다.

그러나 해군은 군은 보급과 예산을 집어 삼키는 괴물이 될 수 있었고 러시아의 재정을 빠르게 악화시킬 수 있는 요인이었다.

러시아에 큰일이 벌어질 수 있었고 특임대는 예전처럼 요인을 암살할 수 없었다.

그저 역사대로 공산혁명이 일어났을 때, 그것에 맞춰서 국가 전략을 잘 세우는 수밖에 없었다.

그에 국방력을 보다 강화시키고자 했다.

장성호가 이희에게 보고문 하나를 상신했다.

"이것은 무엇인가?"

이희가 물었고 장성호가 대답했다.

"항공모함 건조가 거의 마무리되었습니다. 열흘 뒤에 울산에서 진수합니다. 앞으로 100년 넘게 바다를 지배할 병기가 될 겁니다. 충무공께서 폐하를 기다리고 있습니다."

충무공. 일본과의 전쟁에서 적 함정을 격침시켰던 성웅의 존칭이었다.

임진년에 왜적을 소탕하고 수백년이 지나 그 위명이 부활한 뒤 새로 건조된 장보고 잠수함에게 조선의 바다를 지키는 임무를 넘겨줬다.

그리고 항공모함이라는 신병기로 부활했다.

그 병기가 어떤 병기인지는 오직 조선 군부와 소수의 대신들만이 알고 있었다.

그리고 이희가 알고 있었다.

미래를 듣고 어떤 무기가 최강의 무기인지 알고 있었다.

"기대가 되는군. 짐이 친히 행차하겠다."

열흘이라는 시간이 마치 10년처럼 지나갔다.

학수고대하며 진수 날짜를 기다렸다.

당일, 이희는 울산으로 향해 바다에 띄워지기를 기다리는 큰 항공모함 앞에 섰다.

군부에서 주관하는 성대한 행사였기에 기자들에게 공개되었고 인근에 거주하는 마을 주민들이 초대받아 항공모함 진수식을 보았다.

모인 사람들은 '드라이독'이라 불리는 선거 시설 안에 건조된 항공모함을 보면서 이야기를 나누고 있었다.

"배 이름이 뭐라고?"

"항공모함! 저 배 위에 전투기를 실어다가 바다로 나가서 싸우는 배라고 들었어. 저 배 위에서 전투기가 이륙하고 착륙한데."

"그러면 바다 위의 활주로 같은 건가?"

"아마도 그렇겠지?"

"충무공이순신이 함명이라니. 충무공의 위명을 쓰는 만큼 정말 대단한 군함인가봐. 내 눈에는 그렇게 보이지 않지만. 어쨌든 크기 하나만큼은 세계 제일이야!"

대함이 아닌 대공용으로 쓰이는 5인치 함포가 4개 포탑으로 8문이나 있었다.

하지만 단장포였기에 그리 크게 보이지 않았고 항공모함의 함체가 너무나 커서 전함의 40mm구경의 대공포처럼 보였다.

그리고 40mm구경 대공포가 4문씩 묶여서 총 16포탑이 탑재되어 있었다.

추가로 단거리 대공포인 전동발칸포가 10문이나 탑재되어 있었고 함재기는 90기 이상 100기 미만을 탑재할 수 있었다.

전장 266미터에 선폭은 28미터였다.

배수량은 27100톤으로 그야말로 세계 최대의 군함이었다.

그 군함을 보고 이희는 대단하게 여겼다.

"꿈도 못 꿨다. 이런 큰 군함을 조선이 보유할 수 있게 되었다는 게……."

"앞으로 이보다 더 큰 군함과 상선을 가지게 될 겁니다."

"그래……."

장성호가 더욱 창대한 미래가 있음을 알려줬다.

항공모함 건조를 책임진 사장을 이희가 만났다.

그는 최만희라고 팔순을 넘어 90세를 보고 있는 조선의 거상 중 거상이었다.

그가 지팡이를 짚고 와서 이희에게 머리를 숙였다.

그런 최만희의 손을 이희가 잡아주면서 애썼다고 말했다.

항공모함 건조를 책임진 사람들을 만나서 수고했다는 말을 전하고 격려했다.

그리고 단상 위에 올랐다.

수천명이 넘는 장병들과 대신과 백성들이 지켜보는 가운데 이희가 세상에 전하는 연설을 시작했다.

대양해군의 기치를 높이 올렸다.

"작금의 조선의 영토는 북으로 북극해에 이르렀고 남으로는 구주에 이르렀다! 서로는 요서 너머에 이르고 동으로는 바다를 사이에 두고 미리견의 알래스카와 마주하고 있다! 드넓은 영토이지만 우리가 한 치도 양보하지 말아야 할 것은 우리의 생명줄인 바다다! 예로부터 우리는 교역의 민족이다! 또한 옛 조선은 교역으로 국익을 취하는 나라였다! 후에 건국 된 고구려도 그러했고 해상 무역을 벌인 백제 또한 그러했다! 또한 신라 금성에서는 바다를 통해 만국의 문명이 도달하고 물산이 최종적으로 당도하는 곳이었다!"

이희의 연설은 사람들의 심금을 울리는 힘이 있었다.

"이제 우리가 옛 선조의 뜻을 이어 만국과 교역하니, 육상은 육상대로, 무엇보다 바다를 통한 무역을 행하고 있다! 우리 상선이 태평양과 인도양을 항해하고 심지어 미리

240

견과 영길리 사이의 바다인 대서양을 목전에 두고 있다!"

누군가는 기쁨에 벅차오르는 표정이었고 누군가는 눈시울이 붉어진 채 듣고 있었다.

"우리 상선이 지나는 바다가 우리 바다다! 그리고 생명줄이다! 그 생명줄과 짐의 백성들을 지키기 위해, 강력한 군함을 파견할 것이고 호송할 것이다! 항공기를 탑재하는 항공모함을 전력화시켜, 화룡에 부족한 한 점을 찍을 것이다! 이를 통해서 완벽한 대양해군을 세울 것이다!"

이희가 주먹을 불끈 쥐고 치켜들었다.

"대조선제국의 해는 영원히 지지 않는다!"

"와아아아~!"

"대조선제국 만세! 만세! 만세!"

6대륙 5대양에 조선인이 살고 있었다.

대양을 항해하는 상선과 조선군 함대의 머리 위에서 해가 지지 않았다.

그것을 이희가 만백성들에게 알렸다.

김인석과 장성호 유성혁을 비롯한 천군의 가슴이 벅차올랐다.

'우리 선조의 일이지만 저 군함을 그토록 가지고 싶어 했지…….'

'나라 사정 때문에 항공모함을 보유하는 것보다 육군을 우선시한 적도 있었지만, 진정한 강국은 모두 항공모함을 보유하고 있었어. 이제 조선도 그렇게 된 거야.'

'이것으로 세계 어디로든지 조선의 군사력을 투사할 수

있어.'

장성호와 똑같은 시선으로 항공모함을 바라보는 이가 있었다.

그는 더 이상 전쟁에 쓰이지 않는 옛 충무공이순신함의 함장이었다. 그리고 천군이었다.

김인석의 항해장이었던 허윤이 새롭게 편성되는 항공모함 전단의 전단장이 되었다.

항공모함에 승함할 장병들과 함께 오와 열을 맞춰서 서서 3척의 항공모함을 우러러봤다.

항공모함 진수식이 절정에 이르고 있었다.

"이제, 진수되는 함정에 술병을 깨트리는 의식을 치르겠습니다! 진수 직전에 술병을 배에 쳐서 깨뜨리는 이유는 배 멀미에 취해 술 취한 것처럼 바다를 항해하지 말라는 의미에서입니다. 또한 건조된 배를 묶어두는 지상과 연결된 줄을 끊는 것은 태아의 탯줄을 끊는 것을 상징합니다. 황후마마께서 이를 거행하시겠습니다."

바다를 진정시키기 위해 여인이 산 제물로 바쳐지던 때가 있었다.

그것을 대신해서 여인이 줄을 끊음으로써 무사항해와 조국수호가 이뤄지기를 원했다.

군함 진수식이었기에, 황실의 웃여성인 민자영이 해군 장교의 안내를 받아서 단상 측편으로 올라섰다.

그곳에 3척의 항공모함과 연결된 줄이 있었다.

민자영은 작은 손도끼로 줄을 끊어냈다.

242

직후 줄에 달린 술병이 차례대로 함측을 때려서 깨졌다.

항공모함의 현판이 공개되고 3척의 항공모함의 이름이 최종적으로 명명되었다.

'부디, 우리 백성들을 지켜주게.'

마음속으로 기도를 전하고 뒤로 물러났다.

'충무공이순신', '충무공이원회', '광개토태왕'이 새 함정의 함명이었다.

이원회의 자식인 이윤재가 귀빈석에 참석해 가슴이 벅차오르는 것을 느꼈다.

이희가 와서 이윤재에게 아비를 기억할 것이라고 말했다.

"앞으로 조선은 충무공 이원회를 영원히 기억할 것이다."

"황은이 망극하옵니다! 폐하!"

영웅들의 이름이 함명에 새겨졌다.

이윽고 드라이독으로부터 물이 밀려들기 시작했다.

고정되어 있던 항공모함이 물 위에 떠서 흔들리기 시작했다.

그리고 예인선을 통해 바다로 빠져나왔다.

조선소 인근의 부두로 3척의 항공모함이 정박했다.

이희를 따라 대신들과 기자들이 움직였고 항공모함 앞에 다시 선 이희는 함교에서 휘날리는 태극기를 올려다봤다.

그리고 허윤에게 당부했다.

"저 태극기가 바다에 잠기는 일이 없게 하라."

"황명을 목숨과 같이 지키겠습니다!"

진수 후에 전력화 과정이 있었고 훈련 또한 이뤄져야 했다.

세계최초의 항공모함인데다 교관 또한 따로 있는 것이 아니었다.

그러나 허윤을 비롯한 천군이 있었고 그들은 항공모함 운용에 관해 어느 정도 알고 있었고 미리 공부를 한 상태였다.

비록 바다 위에서 실제로 운용한 적은 없지만 백지 상태만큼은 아니었다.

항공모함과 호위함대를 통해서 5대양을 호령했던 21세기 미국 함대로 성장시키고자 했다.

그 시작을 세상에 널리 알렸다.

* * *

3개월이 지나서 허윤이 충무공이순신 함에 승함했다.

"전 함대! 출항하라!"

함재기를 100기씩 실은 항공모함 3척이 차례대로 부두에서 멀어지며 대해로 나아갔다.

그 모습이 조선의 기자들과 항구 주위의 외국 기자들의 사진기에 포착됐다.

항공모함 전단의 목적지는 뉴욕으로, 미국으로 향하는 동안 태평양과 대서양에서 훈련을 벌였다.

이후 뉴욕항에 주둔하고 있는 1전단에 합류했다.

조선의 신무기가 쏟아지고 있었다.

항공모함에 관한 소식을 미국 정부에서 미리 받았다.

조선에 우호적이었던 루스벨트에 이어 '우드로 윌슨'이 미국 대통령으로 재임 중이었다.

그리고 그를 부통령인 '토머스 라일리 마셜'이 보조하고 있었다.

러시아를 상대로 조선이 승리하고 전투 도중에 등장한 신무기에 대해서 윌슨이 관심을 가졌다.

그는 미국 우선주의나 고립주의보다 도덕적인 이상을 가슴에 품은 대통령이었다.

집무실에서 부통령인 마셜에게 조선의 신무기에 대해서 이야기했다.

"고려에 전차와 장갑차 같은 무기들이 등장했소. 전쟁부 장관의 말로는 그들 무기가 유럽의 참호 전술을 뭉갤 것이라고 말하던데, 어찌 생각하오?"

"저도 그렇게 생각합니다."

"고려의 전차나 장갑차 같은 무기를 우리도 보유해야 되지 않겠소? 그동안 우리가 고려를 도와주고 강한 나라로 만들어줬는데 이번에는 우리가 도움을 받아야 한다고 생각하오. 국무부를 통해서 그들이 보유한 무기의 설계도를 받아야겠소."

이야기를 듣다가 마셜이 윌슨에게 말했다.

"굳이 설계도를 구하실 필요는 없을 것 같습니다."

"어째서 말이오?"

"포드모터스에서 전차 개발이 거의 끝났다고 합니다. 2주 이내에 군에 공개하고 문제가 없으면 납품을 하기로 결정했습니다. 고려에서 할 수 있는 것을 우리가 못 할 리 없습니다. 설계도를 달라고 말하면 고려가 우리에게 뭔가를 더 요구할 것입니다."

마셜의 이야기를 듣고 윌슨이 환하게 웃었다.

"그러면 그것으로 국방력을 높이면 되겠군. 뛰어난 전차를 볼 수 있기를 원하오."

"예, 각하. 저도 그렇게 되길 원합니다."

전차를 보기 전에 그런 무기가 있으리라는 것을 생각한 적이 없었다.

때문에 고단한 시간을 보내면서 전차를 개발하거나 조선의 도움을 받아서 빨리 만들어야 한다고 생각했다.

그러나 그 생각을 뛰어넘어 미리 전차가 개발되고 있었다.

조선에서 전차가 개발되고 있음을 성한이 포드에게 알려줬고 비밀을 유지했다.

그리고 차후에 미국 정부에서도 그런 무기를 구할 것이라고 말한 뒤 개발을 추진케 했다.

미국군을 위한 전차가 개발되어 포드모터스 공장의 한 켠을 차지했다.

그 앞에서 성한이 전차를 보고 포드를 칭찬했다.

"멋지군요. 이만하면 군을 충분히 만족시킬 수 있을 것 같습니다. 포드모터스에게 새로운 먹거리가 되겠습니다."

"모든 게 존스씨 덕분입니다. 여태 화물차로만 군수품을 팔 것이라고 생각했는데, 존스씨 덕택에 미합중국을 지킬 수 있는 무기를 만들 수 있게 되었습니다. 정말 감사합니다."

미리 포드모터스 주행시범장에서 기동 시범을 벌였다.

그리고 따로 엔진가동 시험을 통해 내구성을 시험했다.

전차포 시험을 따로 시행하진 않았지만 이미 미군에서 쓰이는 검증된 포를 쓰고 있어서 충분히 위력을 보일 것이라고 생각했다.

차체를 보면서 성한이 표본이 된 역사속의 전차를 떠올렸다.

맹호 전차와 마찬가지로 미군에 납품될 신형 전차의 원본도 있었다.

그 전차는 전격전으로 알려진 독일 기갑 부대의 전차였다.

'6호 전차인 티거나 5호 전차인 판터까지는 안 되지만, 4호 전차라면 이 시대에서는 충분히 괴물 같은 능력을 보일 수 있어. 모든 총격을 막아낼 수 있고 전차포로 참호전술을 깨트릴 수 있으니까. 맹호 전차를 상대로는 지겠지만 맞붙을 일이 없으니 미군을 충분히 만족시킬 거야.'

의도적으로 맹호 전차보다 발전이 덜 된 전차를 표본으로 삼았다.

때문에 장갑을 비스듬하게 하는 것으로 두께를 두껍게 만들지 않았고 주포 구경도 75mm로 부족했다.

하지만 세상의 어떤 군대와 맞붙더라도 싸워 이길 수 있었다.

조선군을 최강으로 육성하되 미군을 만족시킬 수 있는 적절한 무기를 개발했다.

그리고 보병을 태우고 전차의 뒤를 따르는 장갑차를 개발했다.

그 장갑차는 'Sdkfz250'라 불리는 반궤도 장갑차를 표본으로 삼았다.

새로 개발 된 전차와 장갑차가 미국 전쟁부 관리들이 보는 앞에서 시범을 보였다.

초원을 달리던 전차가 포성을 일으켰다.

뻥!

쿠쿵!

"오오!"

포성과 거의 동시에 일어나는 폭음과 포격에 사람들이 놀랐다.

직접 관전하던 윌슨이 주먹을 쥐면서 흥분했다.

"이게 전차란 말인가……!"

대통령을 포함한 모든 사람들이 감탄하면서 충격을 받았다.

그들은 이로써 미국에 새로운 힘이 더해질 것이라 여겼다.

적을 분쇄하고 미국 영토를 지키는 힘이 될 것이라고 생각했다.

새로운 욕망이 꿈틀대기 시작했다.

'이걸로 우리가 앞선 도덕적 정의를 실현시킬 수 있어!'

식민 지배를 벌이는 유럽 국가들을 옳은 방향으로 이끌 수 있다는 생각이 들었다.

그것을 통해 유럽 제국이 소유하고 있는 식민지의 이권을 가져올 수 있었다.

윌슨이 기뻐하며 포드와 악수를 나눴다. ·

"참으로 대단하오! 저런 전차를 개발하게 되다니! 이제 우리는 육군 강국이오! 전쟁부장관을 통해서 포드모터스와 전투 차량 납품 계약을 맺도록 하겠소!"

"감사합니다. 각하."

전쟁이 일어나면 단번에 적을 압도해야 했다.

그들은 유럽에서 일어나고 있는 대전을 정조준했다.

명분이 주어지면 즉각 참전해야 된다는 생각이 미국 관료들의 머릿속에 심어졌다.

그것이 누군가의 의도를 통해서 심어진 것이라고는 절대 생각할 수 없었다.

장성호가 성한으로부터 온 교신을 받았다.

미국에서 전차 납품이 시작되었다는 소식이었다.

—M1으로 제식명이 부여됐습니다. 포드모터스의 생산력이면 아마도 천 대 이상은 보유하게 될 겁니다. 대전 참

전이 이뤄지게 되면 미국에 의해서 전쟁이 끝날 수 있습니다. 보다 빠르게 끝날 겁니다. 그리고 미국의 정의가 유럽에게 먹혀들 겁니다.

"민족자결에 관해서 말입니까?"

―예. 국제연맹을 구성하면서 각 민족은 자기 결정권을 가진다고 정의를 부여하려 할 겁니다. 그리고 미국 권력가와 자본가들을 위해서, 유럽 열강이 강제하는 식민지의 영향력을 줄이고 미국 자본가들의 영향을 높이려 할 겁니다. 물론 조선이 그 틈을 노릴 수 있습니다. 그리고 역사보다 강하게 미국이 경찰국가가 되려고 할 겁니다. 미국의 행동은 둘째 치고 민족 자결이라는 명분은 조선에게도 나름 부합되는 명분입니다. 이 상황을 우리가 잘 이용해야 됩니다. 그러면 미국과 조선이 공동의 경찰국가가 될 수 있습니다.

큰 그림이 그려지고 장성호가 동의했다.

"꽤나 시간이 걸리겠습니다."

―우리가 할아버지가 됐을 때 이뤄질 겁니다.

"후손들이 상당히 득을 보겠습니다."

―우리 선조들도 상당한 득을 보게 될 겁니다. 모두에게 좋은 일입니다.

"맞습니다."

―무제한 잠수함 작전이 벌어지면 알려드리겠습니다.

"기다리고 있겠습니다."

장성호는 앞으로 벌어지게 될 일을 예상했다.

미리 그러한 일을 대비하면서 큰 그림의 밑그림을 그려 나가고 있었다.

궁지에 몰린 독일이 벌일 무모한 전법을 예상하고 그로 인해서 미국이 참전하는 순간을 대비했다.

조선의 운명도 미리 정해져 있는 듯했다.

'전쟁을 피할 수 없겠어…….'

유럽에 남아 있는 백성들을 구하기 위해서라도 미국이 참전할 때 조선군도 참전해야 된다는 생각을 했다.

성한과의 교신을 끊고 할 일을 생각하며 잠을 청했다.

그리고 다음 날이 되었다. 아침에 정보국으로 향해 유럽의 상황들을 살폈다.

그때 특이한 첩보가 들어와 있는 것을 확인했다.

그 첩보는 어쩌면 예상됐던 첩보이기도 했다.

김인석을 만나 그 내용을 알려줬다.

"러시아에서 민란의 조짐이 포착되었습니다. 이대로 공산 혁명이 벌어질 수 있습니다."

평등이라는 말로 달콤한 말로 거짓을 위장하려고 했다.

오직 인간성을 버린 기계만이 도달할 수 있는 이상이었다.

인류 역사상 최악의 이념이 들불처럼 번지기 시작했다.

신조선 新제

오를 수 없다면 끌어내려라
그리고 군림하라

"우리는 배가 고프다!"

"밀가루를 살 수 없습니다!"

"빵과 우유를 주십시오! 차르 폐하!"

러시아 제 2의 도시였다. 전통의 수도였으며 러시아 제국의 중심이기도 했다.

조선과의 전쟁에서 패하고 지속적으로 전쟁을 치르면서 러시아 국민들의 생활이 피폐해졌다.

그로 인해 모스크바에서 시위가 일어났고 그 보고가 차르인 니콜라이 2세의 귀에 들어갔다.

보고를 받은 니콜라이 2세는 크게 분개했다.

"짐이 어려움에 처했는데 백성이라는 놈들이 이렇게 뒤

통수를 쳐?! 절대 가만히 두지 않을 것이다! 지금 당장 시
위대를 진압하라!”

“예! 차르 폐하!”

“배은망덕한 놈들!”

1000만명이 넘는 남자들이 군에 징집됐다.

그로 인해 농사를 지을 사람도 공장에서 일할 사람도 부
족해졌다.

조선과 중화민국에 막대한 전쟁 배상금을 지불하고 러시
아 차르가 구민들에게 베풀어야 할 은혜는 한 줌에도 이르
지 못하였다.

니콜라이 2세의 명령으로 총으로 무장한 군경이 출동했
다. 그리고 방아쇠를 당겼다.

“발포!”

탕! 타탕! 탕!

“아악!”

“도망쳐!”

거리에 시신들이 즐비했고 총격을 받은 모스크바 시민들
이 크게 충격 받았다.

처음에는 차르의 명령이라 여기지 않았지만 이내 차르가
명령을 내린 것을 알고 배신감을 느꼈다.

그들은 니콜라이 2세를 아버지처럼 여겼기에 배신감은
더 컸다.

“어떻게 우리에게 총을 쏘라고 명령을 내릴 수 있
어……?”

"뭔가 잘못됐어…! 차르 폐하께서 우릴 죽이라고 명령을 내리셨다니……!"

"폐하께서 우릴 버리셨어!"

한없는 분노가 심장을 감싸고 정신을 지배하기 시작했다.

불온의 씨앗이 싹을 틔우고 열등감이라는 양분을 먹고 줄기를 키우기 시작했다.

시위를 일으킨 국민들이 진압되자 니콜라이 2세가 안도의 한숨을 쉬었다.

그리고 전장으로 눈길을 돌렸다.

자신이 직접 승리를 이끌어야겠다는 생각을 했다.

전선에서 싸우는 러시아군의 사기를 높이려고 했다.

그러니 자신 대신 러시아를 통치할 자가 필요했다.

"정말로 전쟁터로 가셔야 하나요?"

"그렇소. 그래야 짐을 위해서 싸우는 군사들의 사기를 높일 수 있소. 내가 없는 동안 러시아를 부탁하오. 신하들이 도와줄 것이오."

"알겠어요. 부디 무사히만 돌아와주세요."

"그리 하겠소."

부인이자 황후인 '알렉산드라 표도로브나'에게 러시아의 정치를 맡기고 니콜라이 2세가 상트페테르부르크를 떠나려고 했다.

그가 떠나기 전에 표도로브나의 아쉬운 미소를 보았다.

그는 그 미소가 자신이 떠나는 것에 대한 기쁨이라고 생각하지 못했다.

표도로브나의 뒤에 수도승 한명이 서서 머리를 숙였다.

그의 이름은 '그리고리 예피모비치 라스푸틴'이었다.

그를 보고 니콜라이 2세가 미소를 보였다.

니콜라이 2세에게 라스푸틴은 은인이었다.

'부디 황후를 곁에서 잘 지켜주게.'

혈우병에 걸렸던 유일한 황자인 알렉세이를 치료했던 자였다.

라스푸틴에 대한 신뢰를 드러내면서 니콜라이 2세가 떠났고, 떠난 당일부터 라스푸틴은 니콜라이 2세의 믿음을 배신하기 시작했다.

그날 밤 황후의 침실에서 교성이 울려 퍼졌고 표도로브나는 라스푸틴과 몰래 동침했다.

황자를 치료한 인연으로 표도로브나의 마음을 라스푸틴이 취했다.

그리고 그가 가진 것으로 표도로브나의 육체와 정신을 지배했다.

라스푸틴의 조언대로 표도로브나가 러시아를 통치하기 시작했다.

"전쟁에서 이겨야 됩니다. 세율을 더 높이세요."

"황후마마! 이미 더 높일 세율도 없습니다! 더욱 높였다간 평민과 귀족을 가리지 않고 모두 망할 겁니다!"

"라스푸틴의 말로는 귀족에게 많은 재산이 있다고 들었습니다! 러시아를 위해서 귀족이 재산을 내놓아야 합니다! 이를 따르세요!"

"황후마마! 이미 귀족들도 가산을 내놓은 상태입니다! 그리고 어찌하여 요승의 말만을 믿고 그에게 국정에 대한 조언을 구하십니까?! 이미 그의 말대로 폐하께서 군을 지휘했다가 서부 공업지대와 곡창지대를 잃었습니다! 그를 믿어선 절대 안 됩니다!"

신하들이 표도로브나의 대리 황명을 거부했다.

그러면서 라스푸틴에게 기대지 말라는 말을 했고, 그 말을 들은 표도로브나가 크게 분노했다.

군주에게 권위를 건드리는 것이 역린이라면 표도로브나에겐 라스푸틴이 역린이었다.

"감히 황자를 구한 사제를 모함합니까?! 그리고 라스푸틴은 이 나라가 전쟁에 참전하기 전에 극구 반대했던 사람입니다! 라스푸틴 사제가 반대하는 동안 당신들은 대체 무엇을 했습니까?!"

"황후마마! 그 말씀은……!"

"더 이상 들을 필요도 없겠습니다! 다시는 내 앞에 모습을 보이지 마세요! 여기서 모함하는 자들은 직함을 모두 내려놓아야 할 것입니다!"

"……!"

"당신들이 없어도 러시아는 얼마든지 통치할 수 있습니다!"

라스푸틴을 멀리해야 된다고 말했다가 된서리를 맞았다.

오히려 한순간에 권력이 날아갈 뻔했다.

라스푸틴에게 세뇌당한 황후가 군주의 시선으로 장관들을 깔봤다.

"내 명을 따르겠습니까?"

장관들은 표도로브나에게 굴복했다.

"명을 따르겠습니다……."

러시아 국민들에 대한 세율이 높아졌다.

그 소식을 듣고 러시아의 모든 군중이 들고 일어났다.

표도로브나를 욕하는 데에 있어서 장소를 가리지 않았다.

"망할 독일년! 아예 우리를 싹 다 말려 죽이려고 작정을 했어!"

"라스푸틴인가 뭔가 하는 놈의 말만 듣는다고 해! 그놈과의 잠자리에서 그렇게나 황후년이 헤어 나올 수 없다나 봐!"

"이대로 가다간 러시아가 망하기 전에 우리부터 죽겠어!"

"빌어먹을!"

사람들의 분노에 이상한 생각이 끼어들기 시작했다. 그것은 달콤한 유혹이었다.

"우리가 어째서 이렇게 괴롭힘을 받는지 알 것 같아."

"이유가 뭐야?"

"평등하지 않으니까. 우리가 가진 것이 없고, 이 나라 지도층이 모두 가졌기에 우리가 노예처럼 사는 거야! 심지어 권력까지 말이야! 세상이 평등해지면 모든게 해결될 거야!"

또 한 사람이 평등을 주장하는 자의 말에 힘을 실었다.

"세상이 잘못 되었다면 부숴서 평탄하게 만들면 돼. 그러면 모두가 행복해져. 기쁨을 나누고 슬픔을 서로에게 덜어낼 수 있을 테니까. 모두가 공평해지는 것만이 유일한 답이야. 우리는 제국주의 전쟁이 아니라, 혁명을 일으켜야 해."

그 말을 듣고 사람들의 마음이 흔들렸다.

하지만 그때까지만 해도 모두가 그 말에 휘둘리지 않았다.

몇 사람이 나서서 핍박받는 원인을 바로 잡았다.

"요승을 죽이기만 하면 되는데 뭔 이상한 개소리를 하는 거야?"

"그래! 맞아!"

"우리가 이렇게 힘든 이유는 독일놈들 때문에 전쟁이 일어나서이지, 세상을 뒤엎는다는 둥 실없는 소리를 하지 마! 안 그래도 화가 나는데 더 열 받게 만들고 있어! 한번만 더 그딴 소리를 했다간 죽여 버릴 줄 알아!"

사람들의 반발에 평등을 주장했던 자들이 마지막으로 말했다.

"언젠가 우리가 하는 이야기가 진짜 해결책인 줄 알게 될 거야. 두고 봐."

그 말 또한 사람들이 무시했다.

하지만 공평이라는 단어가 사람들의 머릿속에 강하게 박혀들었다.

러시아 국민들 사이에서 라스푸틴에 대한 원성이 자자해졌다.

그 사실을 러시아 귀족들도 깨달았다.

몇 명의 귀족이 라스푸틴을 죽이기로 결의했다.

"이 독은 청산가리라고 하는 독이오. 이 독을 와인에 타서 라스푸틴에게 먹이면 되오."

"만약, 독살되지 않는다면 어떻게 하시겠습니까?"

"권총으로 그를 죽이는 수밖에. 어찌되었건 그를 만날 수 있는 기회가 주어졌으니 그를 죽이고 러시아를 구해야 하오. 그렇지 않으면 민중이 들고 일어서서 황실을 심판하게 될 거요. 그러기 전에 우리가 먼저 나서서 해결해야 하오."

수마로코프—엘스톤의 백작인 '펠릭스 펠릭소비치 유수포프' 대공이었다.

황실의 인척인 젊은 대공인 그가 황족의 중심이 되어 라스푸틴을 처단하기로 했다.

라스푸틴을 집의 파티에 초대해서 승전을 기원하는 축배를 올렸다.

와인에 청산가리라 불리는 맹독이 타겼고 그것을 라스푸틴이 마시고 환하게 웃었다.

그 모습을 보고 유스포프의 얼굴이 굳어졌다.

"뭔가 문제라도 있습니까?"

아무렇지 않게 라스푸틴이 묻자 결국 권총을 빼들었다.

가슴에 네 발의 총탄을 쏘아서 먹이고 총격을 받은 라스푸틴은 해괴하게 웃음을 터트렸다.

"히히히!"

총격이 먹히지 않자 사람들이 당황했다.

유스포프가 권총을 버리고 그가 가진 쇠지팡이로 라스푸틴을 폭행했다.

라스푸틴은 폭행당해 피를 흘리면서도 실소했다.

"일족이 날 죽이다니…! 이것으로 차르의 일가는 2년 안에 모두 죽겠구나! 두고 보라! 내 말대로 될 것이니! 크하하하하!"

퍽!

"커헉……!"

"미친놈!"

라스푸틴은 머리에 지팡이를 맞고 의식을 잃었다.

쓰러진 라스푸틴을 유스포프와 황족이 들어서 마대 속에 넣었다.

그리고 상트페테르부르크를 따라 흐르는 네바 강에 버렸다.

며칠 뒤 라스푸틴의 시체가 발견되었고 러시아 전역에 그 사실이 알려졌다.

라스푸틴을 잃은 표도로브나는 기력을 잃어버렸다.

그로 인해 러시아 국민들은 더 큰 도탄에 빠져들었다.

대신들이 나서서 선정에 나서보려고 했지만 이미 국고는

바닥이었고 기아에 내몰린 국민들이 굶어죽기 시작했다.

결국 상트페테르부르크에서 시위가 일어났다.

"빵과 우유를 달라!"

"전쟁을 중단하라!"

"와아아아아~!"

러시아의 중심에서 일어난 함성이 온 세상을 흔들기 시작했다.

* * *

장성호를 통해서 정보국의 첩보를 이희가 보고 받았다.

상트페테르부르크에서 시위가 일어난 뒤에 많은 일들이 있었다.

그 일에 관한 소식을 듣고 이희가 미간을 좁혔다.

"아라사의 총리가 차르에게 퇴위를 종용했다고?"

"예. 폐하."

"그리되면 어찌되는 것인가? 아라사의 차르가 황위를 포위하겠는가? 퇴위하게 되면 아라사는 어찌되는가?"

이희의 물음에 장성호가 한숨을 크게 쉬고 대답했다.

"유혈진압 후에 시위대가 무장하게 됐고 진압군을 투입시킬 때마다 돌아섰습니다. 거기에 차르의 측근이라 할 수 있는 귀족과 관리들도 사퇴하거나 시위대 편으로 돌아섰습니다. 지금은 니콜라이 차르에게 절망적인 상태입니다. 퇴위하고 황위를 황실의 누군가에게 넘겨주려 하겠지만 결국 황실도 폐해질 것입니다. 아라사는 망국이 될 겁니다."

"경이 본래 알고 있던 일인가?"

"예. 폐하. 하지만 제 예상대로 되지 않을 수도 있습니다. 원세개가 아라사군을 끌어들였던 것처럼 말입니다. 미래를 대비하겠지만 뜻대로 되지 않을 수도 있습니다."

장성호의 이야기를 듣고 이희가 고개를 끄덕였다.

결국 러시아 제국이라 불리는 큰 나라가 무너지는 것을 보게 됐다.

그것에 대한 연민과 안타까운 감정이 조선과 전쟁을 치렀던 일에 대한 통쾌한 느낌과 뒤섞였다.

복잡한 표정을 지으면서 이희가 앞으로의 일을 예상했다.

"아라사가 협상국에서 떨어져 나가겠군."

협길당에 함께 있던 김인석이 그의 예상에 동의했다.

"그럴 겁니다. 그리고 더 큰 위기가 찾아올 수 있습니다."

"어떤 위기를 말인가?"

"공산주의와 평등주의의 발호입니다. 어쩌면 전쟁을 치르는 것보다 그 이념을 상대하는 것이 어려울 겁니다. 아라사 인민들의 분노를 이상주의자들이 이용할 겁니다."

김인석의 이야기를 이희는 제대로 이해하지 못했다.

장성호가 알아들을 수 있도록 설명했다.

포괄적인 설명으로 이희를 빠르게 이해시켰다.

"서양에 마르크스라는 자와 엥겔스라는 사람이 있습니다. 이미 죽어서 땅에 묻혔지만 이 두 사람을 중심으로 서양의 여러 학자들이 노동자들이 각성해야 한다고 외쳤습니다."

"각성이라면 어떤 각성을 말인가?"

"부의 분배입니다. 공동으로 생산해서 평등하게 나누자는 이야기입니다. 그리고 사장과 노동자는 계급이니 그것 또한 깨버려서 평등하게 만들자는 겁니다. 말은 좋은 논리입니다."

"그것이 가능한 일인가?"

"불가능합니다."

"어째서 그러한가?"

"사람에게 욕심이 있기 때문입니다. 그 욕심에는 물건에 대한 욕심, 형태의 욕심, 심지어 사랑에 대한 욕심도 있습니다. 때문에 더욱 노력하는 사람이 있기 마련이고, 누군가는 노력하지 않아도 어차피 자기 몫을 챙기기에 노력하는 사람만 어리석게 되어 버립니다. 그렇게 되면……."

"아무도 노력하지 않겠군."

"인간은 참으로 사악한 존재입니다. 평등이 가능하다고 말하는 사람들은 인간의 본성을 모르거나, 어떠한 목적을 위해서 거짓말을 하는 자입니다. 그들에게 권력이 쥐어졌을 땐 반드시 큰 희생을 치르고 막대한 대가를 치르게 됩니다. 자신들의 생각이 틀렸다고 증명되는 것을 막기 위해 수단과 방법을 가리지 않을 테니 말입니다. 평등주의는 반드시 권력자의 폭력으로 이어집니다."

설명을 듣고 이희가 고개를 끄덕였다. 그러면서 의문이 들었다.

"불가능한 일인데 그런 생각이 사람들에게 퍼지겠는가?"

그리고 이번에는 김인석이 대답했다.

"권력을 쥐거나 정치가나 회사를 운영하는 사장보다 노동자가 다수입니다. 사람의 머리수대로 투표하고 노동자들의 지지를 얻는 것은 곧 권력을 손에 쥐게 되는 것입니다. 부당한 대우를 받는 노동자나 삶을 적게 받는 노동자들의 마음을 흔들고 투쟁심을 심어주면 공산주의와 평등주의가 퍼지게 됩니다. 그리고 지금 시대에선 그것이 너무나 잘 먹히게 환경이 조성되어 있습니다. 권력가와 시민, 자본가와 노동자, 심지어 남자와 여자조차 계급으로 간주를 받고 심판당할 수 있습니다. 그리고 그땐 세상에 혼돈이 열리게 될 겁니다. 그때가 되면……."

"악한 행위도 혼돈 안에서 선한 행위로 탈바꿈하겠군."

"사람과 동물도 평등해져야 한다고 주장하면서 동물에게 인간의 권리를 부여하는 사람도 나오게 됩니다. 심지어 인간과 짐승이 같으니 식물만 먹어야 한다고 주장하면서 고기를 먹는 사람들을 처단하기도 합니다. 부차적인 이야기까지 말씀드렸지만 평등이 곧 올바름이라고 정의를 부여받게 되면 그런 문제까지 발생합니다. 평등은 오직 하나, 기회의 평등만이 주어져야 합니다. 평등한 결과는 오직 기계만이 이룰 수 있고 심지어 기계조차 오류를 범하기도 합니다. 평등주의에 휩쓸리면 엄청난 대가를 치러야 합니다."

공산과 평등을 이해하고 이희가 두 사람에게 물었다.

"혹 경험한 적이 있던가?"

그리고 장성호가 대답했다.

"선조들이 경험했습니다."

"누가 주도를 했는가?"

"레닌 그리고 스탈린입니다. 중국에는 모택동이라는 자가 있는데 아직은 수면 아래에 감춰져 있는 상태입니다. 조만간 레닌과 스탈린이 아라사의 운명을 결정할 겁니다. 그리고 수많은 공산평등 혁명가들이 등장할 겁니다. 그자들이 세상을 무너뜨릴 겁니다."

대답을 듣고 이희가 고개를 끄덕였다. 그리고 무겁게 물었다.

"만약 그들을 죽이는 것에 대해서는 어찌 생각하는가?"

김인석이 대답했다.

"죽인다 해도 해결책이 될 수 없습니다."

"어째서?"

"이 문제는 한 사람의 사건으로 인해서 발생하는 것이 아니기 때문입니다. 집단의 광기로 일어나는 것이기에, 작금의 대전을 일으킨 오스트리아 황태자의 죽음을 저희가 막으려했던 것과 경우가 완전히 다릅니다. 환경 자체를 변화 시켜야 막을 수 있습니다. 하지만 그 환경이 조선 밖의 일이기에 막을 수 없습니다. 앞으로 세상은 이념이라는 광기에 휩싸일 겁니다."

"경이 말한 바가 앞으로 몇 년 동안 일어나게 되는가?"

"세계적으로 150년에 걸쳐서 평등주의 이념이 일어납니다. 그리고 그것이 잘못되었다는 것을 알아차리고 회복되는 기간만 200년의 시간이 걸렸습니다. 그런 희생과 혼란을 굳이 겪고 엄청난 시간을 낭비해야 할 이유가 없습니다. 그리고 이미 그것을 이기기 위해 유과장이 조선과 미국에 씨앗을 뿌렸습니다."

"씨앗? 유과장의 회사들 말인가?"

"서라벌상사와 남강상사, 필립제이슨과 포드모터스, 그 외 여러 회사의 사장들과 함께 말입니다. 그리고 폐하께서도 이미 씨앗을 뿌리셨습니다."

씨앗을 뿌렸다는 말에 이희가 의아해했다.

장성호가 힘 있게 그것이 무엇인지 알려줬다.

"기회평등과 공정, 형평 그리고 희생과 배려입니다. 그것이 바로 인간의 악함을 피하지 않고 이용하며 절제하게 만드는 씨앗입니다. 그리고 희생과 배려는 선의의 씨앗입니다. 폐하께서는 일찍이 그것을 뿌려두셨습니다."

장성호의 이야기를 듣고 가슴에서 묵직한 무언가가 느껴졌다.

그동안 자신이 벌였던 행동들이 기억났다.

비록 군주에 막 올랐을 때에 실패를 맛보기도 하고 그릇된 행동을 벌이기도 했지만, 천군을 만나서 변화된 후에 자신이 어떤 행동을 벌였는지 기억했다.

그리고 답을 얻었다.

김인석과 장성호에게 이희가 머리를 숙였다.

"폐하."

"경들에게 경의를 표하네. 그리고 감사하네. 짐은 아무 것도 없는 빈껍데기야. 오직 경들이 있기에 채워질 수 있었네."

감동을 받은 두 사람의 코끝이 시큰해졌다. 김인석이 이희에게 말했다.

"껍데기가 아니라 그릇으로 표현해 주십시오. 그리고 폐하께서는 저희와 백성들을 모두 담아내실 큰 그릇입니다. 세상의 수많은 군주 중에 그런 그릇이 되시는 분도 없습니다. 폐하께서 신들을 담으시고 품어주심에 참으로 황은이 망극할 따름입니다."

"짐이 더 고맙노라."

"신이 더 감사합니다."

서로에게 감사를 전하고 한 마음이 되었다.

전의를 끌어올리면서 새롭게 나타나는 적을 상대하려고 했다.

이희가 두 사람에게 황명을 내렸다.

"경들이 말한 기회평등과 공정, 형평 그리고 희생과 배려가 만민뿐 아니라 이웃 나라들에게도 전해질 수 있도록 최선을 다해 달라. 또한 의욕을 일깨우는 공정한 경쟁으로 짐의 백성들뿐 아니라 세상 인민이 노력한 대가를 얻을 수

있도록 힘써 달라. 그것으로 만대 후손들에게 바른 길을
제시하라."

"황명을 받들겠습니다! 폐하!"

결의를 새로 세웠다. 이희의 명을 받들고 두 사람이 대궐
에서 빠져 나왔다.

정보국에서 지속적으로 러시아의 변화를 살필 것을 지시
하고, 정무를 끝내자마자 집으로 와서 통신기를 작동시키
고 성한에게 연락했다.

성한이 무거운 말투로 장성호와 이야기했다.

"이제부터가 진짜군요."

—예. 이것으로 폐하께서 레닌과 스탈린이 등장하게 되
는 것을 알았습니다. 심지어 모택동까지 말입니다. 이제
부터가 진짜 전쟁입니다. 공산주의와 평등주의와 싸워야
합니다.

"히틀러에 대해서는 말씀 드렸습니까?"

—그 부분은 아직 말씀드리지 않았습니다. 1차 세계 대
전의 결과에 따라 차이가 있을 수 있기 때문입니다. 현재
로는 공산주의와 평등주의가 끼어들 수 없도록 변혁을 이
뤄야 합니다. 국민에 대한 계몽 운동이 중요합니다.

"미국에서도 필요한 부분입니다. 빈부격차와 인종문
제를 포함해서 티끌이 잡힐 수 있는 것이 너무나 많습니
다."

—우리가 함께 힘을 써야 합니다. 그래야 정호와 혜민이

도 바르게 커 나갈 수 있습니다. 최선을 다 해봅시다.

"예. 부장님."

—지금 진행되고 있는 1차 세계 대전도 대비하겠습니다.

"예. 알겠습니다."

정계와 재계가 함께 힘을 써야 했다.

장성호와 성한은 조선과 미국을 대표하면서 정재계의 중심이 되는 인물이었다.

그 사실을 스스로가 잘 알고 있었다.

어깨가 잔뜩 무거워지고 있었다.

성한의 머릿속에도 다시 결의가 세워졌다.

'미국의 관념을 송두리째 바꿔야 해.'

그가 소유한 기업들로 하여금 미국인들의 생각을 바꿔야 했다.

이번에는 수화기를 들고 각 회사의 사장들을 뉴욕으로 불러들였다.

그리고 사장들에게 앞으로 유럽에서 일어날 일들을 전하고 어떤 이념이 일어서게 되는지 알려줬다.

아메리카 팩토리 메이커의 이성철이나 대한해운의 이정욱, US인더스트리 자회사들을 이끌고 있는 천군 출신의 사장들은 성한이 말하고자 하는 뜻을 알고 있었다.

그러나 미래를 접하지 못한 사장들은 의문을 가질 수밖에 없었다.

그가 그토록 앞으로의 일을 보여주고 혜안을 보여줬음에도 의심했다.

'무디 신용'사의 사장인 '존 무디'가 성한에게 물었다.

"정말로 사람들에게 그런 생각이 퍼진단 말입니까?"

"그렇습니다."

"이해가 되지 않습니다. 노동자가 경영자에게 반발하고 시민이 정치가에게 반발하고 시위를 벌이는 것은 상상이 갑니다. 그런데 그 모든 것을 깨버리고 인간의 성취욕마저 지워버리는 방법을 택하게 될 거라니… 심지어 성별 구분마저도 지워버리게 된다는 것을 상상할 수 없습니다. 과한 이야기 같습니다……."

무디를 포함해 포드 또한 이해할 수 없다는 식의 표정을 지었다.

그들 앞에서 성한이 다시 말했다.

"지금은 일어날 수 없는 먼 이야기 같지만 벽이 하나씩 깨지다 보면 어느새 우리는 혼돈 속에 있을 겁니다. 그런 일이 벌어지면 여러분들이 이뤄놓은 성공과 명예는 평등주의자들의 잣대에 의해서 불의로 칭해지게 될 겁니다."

"그런……."

"그 재앙이 러시아에서 벌어지고 있는 혁명과 함께 시작되었습니다. 앞으로 러시아 차르가 퇴위하고 알렉산드르 케렌스키가 러시아의 통치권을 맡을 겁니다. 하지만 독일관의 전쟁을 지속하면서 결국 민심을 잃고 케렌스키를 반대하는 볼셰비키당이라는 단체가 혁명을 일으킬 겁니다. 그 볼셰비키당이 지금 제가 말한 평등주의자들의 정당입니다. 제가 말씀드린 급진적인 사상을 사람들에게 강요하고 분노를 이용해서 물들일 겁니다. 우리는 절대 끓는 물 속의 개구리가 되어서는 안 됩니다."

"……."

"그들을 당장 제거할 수 있는 것은 아니지만, 그들이 원하는 입맛대로 환경을 만들어 줄 필요는 없습니다. 제가 말씀드리는 것은 그런 이야기입니다."

예언과 요지를 듣고 사장들이 고개를 끄덕였다.

그래도 성한이 말한 대로 될까 하면서 의심했다.

'두고 보면 알겠지.'

틀려도 그만, 맞아도 그만이었다.

그러나 성한이 말한 대로 부의 분배를 이루고, 그것으로 내수를 활성화해 더 큰 이익을 얻는 것에 동의했다.

그리고 인종과 성별에 대한 차별을 폐지하고 오직 인성과 능력으로 사람을 쓰는 것과 공정한 평가, 장애자에 대한 배려, 양보와 존중을 권면하는 회사의 문화를 만들기로 함께 결의했다.

그것을 기념하고 기억하기 위해 와인 잔을 들었다.

"미합중국과 인류의 미래를 위하여!"

"위하여!"

포도주를 마시고 함께 싸워나갈 뜻을 세웠다.

* * *

얼마 지나지 않아 러시아에서 변혁이 일어났고 그 소식이 미국에 전해졌다.

포드가 신문 전면을 읽고 화들짝 놀랐다.

"러시아 제국이 무너지다니……"

차르인 니콜라이 2세가 퇴위했고 황실이 폐지되면서 더 이상 제국이라 불릴 수 없었다.

러시아의 통치권은 '알렉산드르 케렌스키'에게 넘어간 소식이 신문에 담겨 있었다.

그리고 러시아의 정치를 멘셰비키와 볼셰비키가 양분하게 될 것이라는 내용이 쓰여 있었다.

그 기사를 보고 포드가 성한의 혜안에 감탄했다.

'예전에 도움을 받아놓고 지금 와서 의심하다니… 존스 씨를 믿으면 자다가도 떨어지는 빵을 먹을 수 있어. 이제 절대 의심하지 않을 거야.'

성한이 하는 말을 다시 전적으로 믿기 시작했다.

그가 한 말대로 러시아가 변할 것이라고 생각했다.

'공산과 평등이라니… 인간성을 무시한 폭력적인 이념이야. 절대 그 이념이 미국에 자리 잡지 않도록 만들겠어.'

경영인으로서 그리고 사회지도층으로서 사회에 정의를 실현시키고자 했다.

그런 다짐을 했을 때 비서가 사장실에 들어와서 말했다.

"존스 씨께서 오셨습니다."

성한이 디트로이트에 위치한 포드모터스를 방문했다.

포드가 몸을 일으켜서 사장실로 들어온 그를 맞이했고

근황에 대해서 잠시 이야기하다가 공장을 살피기 시작했다.

포드모터스 공장 건물 중에 미군에 전차를 납품하는 공장이 있었다.

그곳에서 일하는 직원들을 보면서 성한이 만족했다.

"열심히 일하고 있군요."

포드가 성한에게 희소식을 알려줬다. 물론 자신의 희소식은 아니었다.

"어제부로 임금이 올랐습니다. 2할가량 높였는데 감동을 받아서 우는 직원들도 있었습니다. 그것을 보니 제 마음도 푸근해지더군요. 더군다나 전차를 제작하는 직원들은 나라의 국방도 책임진다는 생각에 의욕이 매우 높습니다."

"좋은 현상입니다."

베푸는 즐거움을 알고 직원들은 열심히 일해서 얻는 보람의 맛을 깨달았다.

모든 것이 순탄하게 흐르는 것처럼 보였다.

그리고 그 안에서 전과는 달라진 모습이 나타났다.

소수의 여자 직원들이 보였고 포드에 의해서 고용된 흑인 직원들이 보였다.

그들은 각자 무리를 지어서 일하고 있었다.

또한 남자나 백인들의 근처에 다가가기를 조심히 여기고 있었다.

그 모습을 보면서 잠시 생각에 잠겼다.

"조만간 점심 식사 시간입니다. 회사 밖의 식당으로 안내해드리겠습니다."

포드의 말에 성한이 고개를 가로저었다.

"아닙니다. 안에서 먹겠습니다. 식당의 분위기도 살펴야겠습니다."

성한의 뜻에 따라 공장 식당에서 식사하기로 했다.

고운 양복을 입은 동양인을 직원들이 슬쩍 보면서 궁금하게 여겼다.

그리고 점심 식사 시간까지 열심히 일했다.

정오가 되자 모든 일이 일시 중단되고 직원들이 식당으로 향해 식사하기 시작했다.

식판을 들고 음식을 받은 백인 근로자가 자리에 앉으면서 구석에 앉아 있는 흑인 근로자를 흘겨봤다.

그러면서 피부색이 같은 동료 직원들에게 말했다.

"더러운 놈들. 사장님께선 어째서 저런 놈들을 쓰는 거지?"

"능력이 된다 하시잖아."

"능력? 검둥이에게 능력이라는 것도 있었나? 노예였던 놈들에게 무슨 능력이 있다고… 차라리 저놈들 임금을 떼다가 우리에게 더 주셨으면 좋겠어."

"억울하면 네가 회사를 차려. 그게 아니라면 얌전히 식사해."

"빌어먹을."

흑인에 이어 여자들에게 백인 남자의 시선이 향했다.

그는 불편한 마음을 표정과 눈빛으로 나타냈다.

백인 남자는 거칠게 밥을 먹으면서 몇 번이나 흑인과 여자들을 노려봤다.

그리고 그와 같은 생각을 가진 직원들이 다수 있었다.

그들 사이에 자리가 있었고 흑인들이 앉은 비좁은 자리는 금세 채워졌다.

한 흑인이 뒤늦게 식판에 음식을 받고 자리를 찾았다.

그러다가 앉을 자리가 없어서 한숨을 쉬면서 백인들 사이로 들어가서 앉았다.

그가 앉자 곁에 앉아 있던 백인이 거칠게 말했다.

"꺼져."

"자리가 없어서……."

"꺼지라고! 못 들었어?!"

와장창!

"……?!"

흑인 직원의 식판이 엎어지고 식당 안에서 정적이 감돌았다. 음식을 땅에 떨어트린 흑인은 황급히 식판에 떨어진 음식을 주워 담기 시작했다.

그때 백인의 발길질이 이뤄졌다.

"검둥이 새끼!"

"커헉……!"

"더러운 노예 놈이! 칵! 퉤!"

"으윽……!"

폭행당한 흑인이 배를 부여잡고 괴로워했다.

그의 얼굴을 향해서 백인 직원이 침을 뱉었고 자신의 어깨를 잡은 자의 팔을 쳐내면서 크게 소리쳤다.

"넌 또 뭐야?!"

양복을 입은 동양인이 앞에 있었다.

그가 백인 직원을 노려보고 있었다.

그를 본 백인 직원은 주먹을 휘두르려고 했다. 그때 포드가 크게 외쳤다.

"그만!"

"……?!"

"자네 지금 무슨 짓인가?!"

포드의 빨리 외치지 않았다면 석천의 손이 먼저 움직일 뻔했다.

사장의 제지에 백인 직원이 이맛살을 찌푸렸다.

모든 직원들의 시선이 그와 성한과 포드에게 향했다.

성한이 기막힌 표정으로 백인 직원에게 물었다.

"무슨 짓입니까? 이 직원이 대체 뭘 잘못했다고."

"흥."

백인 직원이 콧방귀를 뀌면서 성한을 무시했다.

경멸의 시선으로 쳐다보다가 포드가 있다는 것을 알고 시선을 거둬들였다.

그리고 먼저 흑인 직원에게 손을 내밀었다.

"미안해."

"……."

마치 얼떨결에 싸운 것처럼 보이기 위함이었다.

그 모습을 보고 성한이 더욱 분노했다.

"누굴 바보로 아나……."

"뭐라고?"

"네놈이 그 직원에게 무슨 짓을 벌였는지 처음부터 지켜보고 있었어. 검둥이 노예 뭐가 어쩌고 어째? 감히 포드모터스에서 그딴 짓을 벌였단 말이지?"

"이건 또 뭐야, 동양 원숭이가? 죽고 싶어?!"

백인 직원이 소리치자 포드의 얼굴도 험악해졌다.

그와 직원들에게 모르는 사실을 알려줬다.

"그만하게."

"사장님."

"자네는 지금 해서는 안 될 짓을 하고 있어! 자네 앞에 계신 분이 누구인 줄 아는가?! 바로 포드모터스의 주인이시네!"

"예……?"

"이 회사의 주식 중 9할을 가지고 계신 분이라, 이 말일세! 그러니 당장 사과하게!"

"……?!"

포드의 외침에 직원들이 충격에 빠졌다.

처음에는 포드의 말을 이해할 수 없었지만 이내 이해를 하고 그것이 진짜인지 의심했다.

직원들 사이에서 술렁임이 일어났다.

백인 직원이 반신반의로 성한에게 물었다.

"저, 정말로 포드모터스의 대, 대주주이십니까……?"

그리고 대답을 들었다.

"그래. 내가 포드모터스의 대주주야. 해리 존스라고 하지. 그리고 네놈의 일자리를 손에 쥐고 있는 분이시다."

"히, 히익!"

백인 직원이 겁에 질렸고 쓰러진 흑인 직원은 눈동자를 떨었다.

이어 계속해서 성한이 말했다.

"방금 전에 내게 동양 원숭이라고 했나?"

"아, 아닙니다…! 아니, 죄송합니다! 저는 대주주이신 줄……!"

"내가 대주주인 것도 구분을 못 지으면서 네놈이 어떻게 이 직원에 대해서 평가를 하지?! 어?!"

"그…그것이……."

"뭐, 백인은 우월하고, 나머지 인종은 열등하다. 그런 생각을 가졌나?! 내가 열등한 자인가?!"

"그게……."

"어서 말해보라!"

"……!"

성한의 호통에 백인 직원이 움찔하면서 몸을 굳혔다.

어떤 대답도 할 수 없었고 그저 관자놀이와 등골에서 식은땀을 흘렸다.

성한이 다른 백인 직원들에게 크게 외쳤다.

"대주주로서 포드 사장과 임직원들을 고용하는 자로 여러분들에게 묻습니다! 회사에서 일을 하는데 성과를 기반

으로 하는 능력과 인성 외에 다르게 평가되어야 할 것이
있습니까?!"

"……."

"말해 보십시오!"

"……."

"어서!"

성한의 물음에 직원들이 쉽게 대답하지 못했다.

그때 몇몇 백인 직원들이 용기 있게 대답했다.

"능력과 인성, 그 외에는 아무것도 필요 없습니다."

다시 성한이 물었다.

"피부색과 성별이 상관있습니까?!"

"없습니다."

"그러면 지금 상황에서 누가 잘못을 저질렀습니까?! 가
리켜 보십시오!"

성한의 물음에 직원들이 문제를 일으킨 백인 직원을 가
리켰다. 그리고 백인 직원은 자신을 가리킨 동료직원들을
원망스럽게 쳐다봤다.

성한이 식당 안의 모든 직원들에게 묻자 하나같이 그를
가리키면서 잘못을 저지른 사실을 인지시켰다.

성한이 다시 백인 직원에게 말했다.

"당신이 그토록 비하하는 흑인 직원들 그리고 여성 직원
들까지… 그 직원들의 능력을 판단하는 것은 회사 경영자
가 하는 것이지 당신이 하는 것이 아닙니다. 당신은 월권
행위를 했고, 경영자에게 도전했고, 회사의 팀워크와 동

료애를 저버렸습니다. 그리고 당신의 능력을 대체할 수 있는 사람은 어디든지 있습니다. 포드모터스와는 맞지 않는 것 같으니 다른 직장을 알아보십시오."

"조…존스씨!"

"이 손 놓으세요. 뭐하는 짓입니까?"

"자…잘못했습니다! 제가 잘못했습니다! 그러니 부디 해고만큼은!"

"다른 곳을 알아보세요!"

"죄송합니다! 존스씨!"

백인 직원이 성한의 팔을 붙잡고 애원했다.

그러나 성한은 그의 팔을 강하게 내쳤다.

포드에게 백인 직원을 해고하라고 크게 말했다.

"이자를 해고하기 바랍니다!"

다시 직원이 애원했다.

"잘못했습니다! 한번만 용서해주세요! 제발…! 용서해주십시오…! 존스씨……!"

결국 울면서 애걸복걸했다. 그 모습을 보고 성한의 마음도 흔들렸다. 그러나 일벌백계의 표본이 있었기에 함부로 해고 지시를 거둘 수 없었다.

눈앞에 폭행당했던 흑인 직원이 있었다.

그에게 백인 직원의 운명을 맡기고자 했다.

"이 자를 어떻게 했으면 좋겠습니까? 이자의 처분을 맡기겠습니다."

흑인 직원에게 공이 넘겨지자 백인 직원이 황급히 무릎

을 꿇었다.

그리고 오열하면서 그에게 애원했다.

"제발…! 살려주게…! 자네에게 정말 미안했네!"

"…….."

"이렇게 비네! 한번만 용서해주면, 내 반드시 은혜를 갚고 이곳의 흑인 직원들에게도 잘하겠네! 우리 어머니께서 병원에 입원해 계시네…! 수술을 받아야 하는데…! 제발…! 제발 용서해주게……!"

간절함이 눈에 가득했다.

그것이 수술을 앞둔 어머니를 살리기 위해서라고 하더라도, 다시는 자신에게 함부로 하지 않을 것이라는 생각이 들었다.

흑인 직원이 성한을 보고 고갯짓으로 그의 뜻을 전해 받았다. 그리고 백인 직원에게 말했다.

"이곳의 흑인 직원은 없습니다. 그저 직원일 뿐입니다. 그러니 흑백으로 가르지 말고 동료로 잘 대해주세요."

"그리하겠네!"

"제가 용서해 드리겠습니다."

"감사하네! 정말 감사하네!"

용서보다 더 큰 감동은 없었다.

흑인 직원이 눈물을 뚝뚝 흘리는 백인 직원의 손을 잡고 일어섰다.

그 모습을 보면서 성한이 만족했고 포드가 안도했다.

직원들 모두가 자신을 주목하고 있었다.

내친김에 성한이 직원들에게 말했다.

"여러분들은 어떤 정의를 원합니까?! 그저 누군가를 비하하고 군림하는 정의를 바랍니까?! 만약 그것을 제가 실천하고, 포드 사장이 실천한다면 여러분은 지금과 비교도 할 수 없을 정도로 괴로울 것입니다! 그 사실을 여러분들이 누구보다도 잘 알 것이라 생각합니다!"

성한의 눈동자에는 굳은 의지가 가득했다.

"여러분들이 포드모터스에서 다른 회사보다 높은 임금을 받고 의료 지원과 보육 지원을 비롯한 복리후생을 누리는 이유가 있습니다! 그것은 바로 포드 사장의 배려가 있기 때문입니다! 배려는 군림하지 않고, 비하하지 않고, 오만하지 않으며, 인내합니다! 그것이 바로 사랑입니다! 저는 경영하지 않는 대주주이기에 그것이 뭔지 모르겠습니다! 하지만 적어도 포드 사장은 여러분들을 사랑하고 그동안 배려해왔습니다! 그것 또한 여러분들이 잘 알고 있을 것이라고 생각합니다!"

성한이 직원들을 쭉 한번 둘러보더니 말을 이었다.

"그래서 묻습니다! 여러분들은 자신만큼 회사와 동료를 사랑하고 있습니까?! 그렇지 않다면 그것을 고치십시오! 고치기 싫다면 이 회사를 퇴사해도 좋습니다! 하지만 제가 한 이야기가 옳다면, 다음부터는 피부색과 성별과 관계없이 서로 아끼기 바랍니다! 그것이 위대한 미국인이 걸어가야 할 길입니다!"

"……"

일장연설이 끝나자 잠깐 동안의 침묵이 있었다.

그리고 포드가 박수를 치자, 이어 성한의 편에 섰던 백인 직원들이 박수를 치고 나머지 직원들도 박수를 쳤다.

모두가 공감하고 앞으로 서로를 어떤 시선으로 봐야 할지 생각했다.

'하긴, 흑인들도 사람이지. 어차피 저 친구들과 함께 일하고 살아야 해.'

당장은 어색하더라도 시간이 지나면 친해질 수 있겠다는 생각이 들었다.

직원들의 분위기가 달라졌다.

성한이 해고당할 뻔했던 직원의 손을 잡았다.

"다음부터 그러지 말길 바랍니다."

"예……!"

"맛있게 식사하십시오."

"감사합니다……!"

의자를 빼서 직원을 앉히고 포드와 함께 배식대로 향해서 음식을 받았다.

그 모습을 직원들이 지켜보며 자신들에 대한 고용주가 동양인이라는 사실에 작은 목소리로 수군거렸다.

백인이 모든 인종 중에서 우월하다는 생각이 모두 지워졌다.

자신들의 인생을 위해서 보다 능력 있는 동양인이 있다는 것을 인정했다.

그들이 가지고 있던 관념이 철저하게 부서졌다.

"우리의 고용주가 동양인이었다니……."

"어느 나라에서 왔는지 모르겠지만 유능해보여."

"우리도 못한 것을 저 동양인이 하고 있어……."

피부색이 달랐지만 성한에 대한 존경심이 일어나고 있었다.

그런 직원들을 보면서 포드가 미소를 지었다.

앞에서 성한이 맛있게 음식을 먹고 있었다.

"드시죠. 포드 사장."

"예. 존스씨."

임직원들과 함께 식사하면서 동료애를 다졌다.

그때 포드의 비서가 무언가를 듣고 와서 다급한 표정으로 포드에게 귓속말을 했다.

놀란 포드가 비서에게 물었다.

"사실인가?"

"예."

성한이 포드에게 물었다.

"무슨 일입니까?"

그리고 대답을 들었다.

"프랑스로 향하던 우리 상선이 독일 잠수함으로부터 격침당했다고 합니다. 몇 달 전에 있었던 일인데, 지금 신문에 실려서 공개되었다고 합니다. 조만간 독일을 상대로 선전포고할 것 같습니다."

러시아를 상대하는 조선의 전쟁은 끝났지만 사라예보에서 시작된 대전쟁은 아직 끝나지 않았다.

그러나 그 끝이 조만간 찾아올 것 같았다.

　며칠 지나지 않아 독일을 비롯한 동맹국을 향해서 미국의 선전포고가 이뤄졌다.

　독일에 남은 조선인들이 위험해지려고 했다.

〈다음 권에 계속〉